I0613573

AUX
AMES DEVOTES
QUI TENDENT
A LA PERFECTION.

COMME c'est pour vous, cheres Ames, que j'écris, aussi est-ce à vous que j'adresse ce petit Abbregé de la Perfection Chrestienne, parce que les desirs que vous avez de l'acquerir, vous mettent en estat d'en faire vostre profit. Le commun des Chrétiens se contente de travailler à l'establissement de son salut, sans aspirer à la perfection ; mais puis qu'aucun homme ne sera jamais sauvé, qu'il ne soit reformé, & par consequent parfait : il est tres-difficile de concevoir qu'on puisse

á ij

operer veritablement son salut, sans tendre efficacement à la perfection qu'on doit avoir à la mort, pour paroistre juste devant Dieu.

Si le Paradis n'estoit fait que pour les personnes Religieuses, il faudroit que les seculiers quittassent le monde pour estre Religieux, & sauvez : mais puis que l'inspiration n'en est donnée à un chacun ; & que tous ont droit de pretendre au Ciel : il est necessaire que les uns & les autres acquierent un égal merite, s'ils esperent obtenir une mesme recompense.

Je sçay que les conseils Evangeliques professez par les Religieux, les mettent dans un estat plus parfait que celuy du siecle ; & leur donnent des moyens plus asseurez pour faire leur salut, qu'aux personnes qui vivent dans le monde : mais cet estat, & ces moyens n'excluënt pas les seculiers de la

LE
CHEMIN
ABBREGE'
DE LA PERFECTION
CHRESTIENNE
DANS L'EXERCICE
DE LA VOLONTE' DE DIEU.

Par le Pere PAUL DE LAGNY
Capucin.

—A PARIS,

Chez DENYS THIERRY ruë S. Jacques,
à l'Enseigne de la Ville de Paris.

_____

M. DC. LXXIII.

Avec Approbation & Permißion.

47135.

perfection ; non plus qu'ils ne
rendent pas les Religieux parfaits,
s'ils n'obfervent parfaitement ce
que Dieu leur demande. Ce qui
doit faire conclure, qu'il faut qu'il
y ait un moyen également commun aux perſonnes ſeculieres &
Religieuſes, qui les rende également parfaites, pour les mettre
en eſtat de meriter en terre la
même recompenſe eſſentielle de
la gloire.

Ce moyen n'eſt autre que l'ob-
ſervance de la volonté de Dieu ,
regle aſſeurée de toutes les ſaintes
actions ; & par conſequent de la
Perfection Chreſtienne : laquelle
eſt en ce ſens propoſée univerſelle-
ment à tous les Chreſtiens, puis
que tous la peuvent acquerir avec
le ſecours de la grace, s'ils obeiſ-
ſent parfaitement aux ordres de
la ſainte volonté de Dieu.

La volonté de Dieu eſt donc le *Mat.*
grand principe de la grace, & de *7.*

ã iij

la gloire; aussi-bien que de toutes les bonnes œuvres qui la peuvent meriter; parce que nostre volonté ne merite l'augmentation de l'une & la possession de l'autre, qu'autant qu'elle est conforme à celle de Dieu.

La volonté de Dieu est le glaive mystique de sa Justice, qui separa au Ciel les mauvais Anges des bons: qui chassa Adam & Eve du Paradis terrestre, aprés leur rebellion, & qui separera encore les predestinez d'avec les reprouvez au jour épouvantable du Jugement universel : puis que les premiers ne seront sauvez que pour estre demeurez dans l'ordre de la bonne volonté de Dieu; & les seconds ne seront damnez que pour s'en estre retirez par principe de leur propre volonté.

La volonté de Dieu est la puissante trompette qui renverse les murs de l'infame Jericho, puisque

Gen. 3.

Ios. 6.

l'ame pechereſſe qui obeït à la
voix de Dieu, quand elle l'appelle à ſoy, fait auſſi-toſt penitence, quitte ſes pechez, & ſe con-
vertit parfaitement à Dieu ſon
Seigneur.

La volonté de Dieu eſt l'Arche
myſterieuſe de Noé, laquelle ſau-
ve du deluge de la damnation
éternelle toutes les ames, qui s'y *Gen.*
refugient, pour ſe preſerver du *7.*
peché ; & laiſſe mal heureuſement perir toutes les autres, qui
negligent de l'accomplir pour y
trouver du ſecours.

La volonté de Dieu eſt ce pre- *Ap.*
cieux roſeau d'or, que l'Ange de *21.*
l'Apocalypſe tenoit entre ſes
mains, pour meſurer la longueur,
& la largeur de la ſainte Cité des
Eleus ; puis qu'effectivement la
conformité de leur volonté à
celle de Dieu, ſera la meſure de
toute leur ſainteté.

La volonté de Dieu eſt cet ad- *Exo.*
3.

mirable chemin de trois jours, que les Enfans d'Ifraël devoient faire en fortant d'Egypte, pour entrer dans la folitude, où ils devoient offrir des facrifices à Dieu: puis qu'en verité l'ame n'aura pas plûtoft accompli les trois volontez de Dieu, BONNE, BIENPLAISANTE, & PARFAITE, felon le confeil de S Paul, & les breves explications que nous en donnôs, qu'elle fe trouvera exempte de toute affection au peché; ornée de toutes les vertus, & parvenuë à la Perfection Chrêtienne que Dieu luy demande.

Par ce moyen les perfonnes qui vivent au monde, pourront devenir parfaites, quoy qu'elles ne foient pas dans l'eftat de Perfection; & celles qui font confacrées à Dieu dans les Cloiftres, arriveront à la fublime Perfection de la vie, qu'elles fe font propofée; quand les uns & les autres vivront selon les loix de la volonté de Dieu, vraye vie de l'esprit, & regle infaillible de toutes les bonnes actions.

Je sçay que vous ne trouverez pas dans ce petit Livre toutes les instructions que vous pourriez souhaiter, pour bien comprendre l'exercice de la volonté de Dieu : mais si vous vous servez fidellement de celles qui vous seront icy enseignées, elles vous donneront ouverture pour entendre les autres livres qui doivent suivre cet Abbregé, & dont il n'est que l'avant-coureur, comme la petite lumiere de l'aurore precede le grand jour du Soleil.

Si ceux qui sortent des tenebres n'ont pas besoin d'un grand jour, parce que leurs yeux estant demeurez affoiblis dans l'obscurité, ils ne peuvent soûtenir les grands éclats de la lumiere ; aussi les ames qui quittent le peché pour commencer les pratiques de la vie spirituelle, ne doivent se servir d'abord que d'instructions racourcies, & faciles à entendre, parce qu'elles sont plus conformes à la disposition de leur esprit.

Toutesfois les ames plus avancées trouveront dans ce petit œuvre l'Abbregé de leurs plus sublimes pratiques : & les moins parfaites verront l'idée de la haute Perfection, à laquelle elles tendent, & où elles ne sont pas encore arrivées.

Approbation des Docteurs.

JE soussigné Gardien bien qu'indigne du Convent des Capucins de la rue S. Honoré, Certifie avoir leu un Livre intitulé, *Le Chemin Abbregé de la Perfection Chrestienne, par l'exercice de la volonté de Dieu*, Composé par le R. P. PAUL DE LAGNY Predicateur Capucin, dans lequel je n'ay rien veu qui soit contraire à la doctrine Catholique, ni aux bonnes mœurs : Mais de plus y ay remarqué les principes de la Vie Chrétienne clairement expliquez, capables de conduire les Ames qui voudront les mettre en pratique, à une tres-haute perfection. Donné à Paris en nostre dit Convent, le 15. Avril 1673.

F. LEONARD DE PARIS.

Autre Approbation.

CEt Abbregé de l'Exercice de la volonté de Dieu, composé par le R. P. PAUL DE LAGNY Predicateur

Capucin, est comme un preſſis de la Vie
ſpirituelle & myſtique, & un ſommaire
du grand Ouvrage qu'il prepare au public. Il peut eſtre leu non ſeulement ſans
crainte d'erreur, mais avec beaucoup de
profit pour toutes ſortes de perſonnes
ſoigneuſes de leur ſalut. C'eſt le ſenti-
ment de

A Paris en noſtre grand
Convent de l'Aſſomption,
ce 8. d'Avril 1673.

F. CYPRIEN DE GAMACHE
Predicateur Capucin.

Autre Approbation.

J'Ay leu le preſent Ecrit. Fait le 15. May
1673.

M. GRANDIN.

Permis d'imprimer. Fait ce 27. May
1673.

Signé, DE LA REYNIE.

LE

LE CHEMIN
ABBREGÉ
DE LA
PERFECTION
CHRESTIENNE.

SECTION PREMIERE.
POURQUOY L'EXERCICE
de la Volonté de Dieu est appellé le Chemin abbregé de la Perfection Chrestienne.

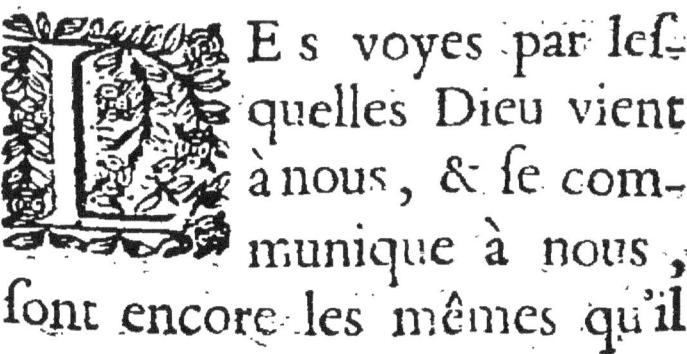 E s voyes par lesquelles Dieu vient à nous, & se communique à nous, sont encore les mêmes qu'il

A

nous montre, & que nous devons prendre pour aller à luy, & nous donner à luy; par ce qu'il est nostre divin Exemplaire, soit à cause de sa ressemblance qu'il nous a imprimée en la creation; soit à cause du commandement qu'il nous a fait d'imiter la perfection de ses saintes actions, pour devenir parfaits.

Je sçay qu'on considere plusieurs voyes en Dieu, par lesquelles il vient & se communique à ses creatures; telles que sont les voyes de sa Sagesse & de sa Toute-puissance; de sa Misericorde & de sa Justice; de sa Providence generale & particuliere, selon lesquelles il fait tout , crée tout, produit tout, donne tout, & ordonne de tout. Mais fi nous examinons de prés toutes ces differentes manieres de communication, nous trouverons qu'elles ne font proprement que les effets de la bonne volonté de Dieu pour fes creatures , & qu'il n'y a par confequent qu'une voye par laquelle il vient à nous , & fe communique à nous ; fçavoir eft celle de fa volonté.

Dieu connoift par fon Entendement tout ce qui eft faifable ; mais il ne fait hors de foy , que ce qu'il veut : Il peut faire par fa Toute-puiffance tout ce qui peut eftre fait ;

A ij

mais il ne fera que ce qu'il
plaira à sa volonté. S'il pardon-
ne selon sa Misericorde, & s'il
chastie selon sa Justice ; l'un &
l'autre ne s'execute que par les
ordres de sa volonté : S'il pour-
voit au bien general, & particulier de ses creatures ; encore bien que sa Sagesse en dis-
pose l'ordre, la fin, & les moyens ; c'est neantmoins sa volonté qui met le tout en execution, sans laquelle tous les
biens demeureroient en Dieu,
& ne seroient point communi-
quez hors de Dieu.

Si du general nous descen-
dons au particulier ; & que
vous me demandiez à qui la
creation du monde, la redem-

ption des hommes, & la glori-
fication des Saints, doivent
eftre attribuées ? Je vous diray
que c'eft à la feule bonne volonté de Dieu, comme au principe de tout bien, de toute
grace, & de toute recompenfe : puifque Dieu pouvoit s'il
euft voulu ne pàs créer le monde; ou en créer un autre à fa
place, tel qu'il luy auroit plu,
entre un nombre innombra-
ble de mondes, qu'il connoift
poffibles dans fes Idées éter-
-nelles : mais il s'eft déterminé
à créer celuy-cy, par ce qu'il
l'a voulu, fans autre raifon que
celle de fa liberté & de fa bonne volonté.

Quant à la redemption des

hommes, il eſt certain que
Dieu pouvoit laiſſer l'homme
comme l'Ange dans ſon pe-
ché; mais il a abandonné l'un
par ſa Juſtice, pour ſecoùrir
l'autre par ſa Miſericorde; non
que l'homme l'euſt merité,
mais parce que Dieu l'a ainſi
voulu.

Quant aux Saints qui joüiſ-
ſent de la gloire au Ciel, ils ont
tellement merité cette grande
recompenſe par leur fidelle
cooperation à la grace, qu'elle
eſt encore l'effet de la bonne
volonté que Dieu a eüe ſpecialement pour eux, en les pré-
deſtinant de toute éternité à la
joüiſſance de ſa gloire ; puis
qu'ils n'y ſeroient jamais par-

venus fans cette fpeciale bonté
de Dieu, qu'il n'a pas témoi-
gné avoir pour le refte des
hommes reprouvez.

Ainfi l'on voit que dans l'ordre de la nature, de la grace,
& de la gloire, la volonté de
Dieu eft le principe de toutes
fes communications au regard
des hommes. C'eft pourquoy
qui doute que cette voye par
laquelle Dieu vient à nous, ne
foit encore celle par laquelle
nous devons aller à luy : en
l'aimant, & le fervant par principe d'une bonne volonté qui
foit conforme à la fienne?

Je fçay que toutes les autres
methodes qu'on propofe pour
tendre à la perfection, peu-

vent estre utiles ; pourveu qu'-
elles soient accompagnées de
l'exercice de la volonté de
Dieu, qui en doit estre l'ame
pour leur donner la vigueur,
l'esprit, & le merite, qui leur
est necessaire. C'est pourquoy
consultez, lisez, étudiez, spe-
culez, cherchez tant qu'il vous
vous plaira, & aprés tout vous
trouverez que la volonté de
Dieu est tout ce qu'il nous faut
faire pour estre sauvez, & pour
devenir parfaits.

J'ay crû estre obligé de
composer cet Abbregé com-
me une disposition necessaire
à la parfaite intelligence des
douze Livres qui composent
l'exercice de la volonté de

Dieu, que je pretends, avec
son aide, donner au public
dans peu de temps, pour sou-
lager ceux qui n'auroient pas
le temps de les lire, ni même
la facilité de les comprendre,
si on ne leur en donnoit premierement une idée generale,
qui fust comme le suc, & le ra-
courci de tout ce qu'ils con-
tiennent. Joint qu'il est tres-
difficile de penetrer les pro-
fonds secrets de l'exercice de
la volonté de Dieu, si l'entendement n'est premierement
disposé à recevoir les lumieres
du saint Esprit, qu'il ne verse
ordinairement que dans les
ames, dont la volonté est pure, & conforme à la sienne.

A v

Il y a cette difference entre ceux qui étudient les Livres de devotion pour apprendre ; & les autres qui les lisent pour faire ce qu'ils enseignent : que les premiers ont seulement intention d'estre doctes ; & les seconds de devenir vertueux. Le bon esprit avec l'étude, suffit aux premiers, pour parvenir à leur fin : mais les lumieres de la grace sont necessaires aux seconds, pour pratiquer la vertu : desorte neantmoins qu'encore bien qu'elles ne soient refusées à personne de la part de Dieu, quant à la necessité ; elles ne sont toutesfois ordinairement communiquées en abondance qu'à proportion des diſpoſitions que Dieu trouve dans les ſujets ver-tueux, qui les reçoivent, & qui en font un bon uſage.

Quant à vous, ames de-votes, qui deſirez tendre de toutes vos forces à la perfec-tion; Je ſuppoſe que vous vou-liez vous ſervir de l'exercice de la volonté de Dieu, pour vous y conduire; & que vous de-mandiez enſuite ce que vous devez faire pour bien com-mencer, afin d'y bien réuſ-ſir?

Je vous réponds, que vous devez d'abord vous appliquer à la lecture de cet Abbregé, & ne point paſſer plus avant, que vous ne l'ayez compris &

pratiqué, & mesme goûté par
quelque espace de temps, plus
ou moins long, selon le plus
ou le moins de profit que vous
y aurez fait, à proportion de
la fidelité plus ou moins grande que vous aurez apportée à
vous en servir.

Mais quand vous sentirez en
vous le desir d'un plus grand
éclaircissement, pour faire un
plus grand progrez dans les
voyes admirables des volontez
de Dieu, vous serez pour lors
en estat de lire avec profit les
autres Livres que j'ay dessein
de vous donner, selon l'ordre
qui leur est assigné ; afin que
vous en puissiez avoir une plus
profonde connoissance, & que

cette connoiſſance vous con-
duiſe à la fin que vous preten-
dez ; qui n'eſt autre que de
plaire à Dieu voſtre ſouverain
Seigneur ſur toutes les choſes
du monde.

Ne vous eſtonnez pas ſi cet
exercice de la volonté de Dieu
vous ſemble difficile dans les
commencemens de ſa prati-
que, parce qu'il retranche toutes les mauvaiſes libertez de la
nature corrompuë ; & reſſerre
l ame dans un ſainte contrainte de ſe mortifier en tout, &
de tout ce qui n'eſt pas ſelon
Dieu. Mais qui doute que cette contrainte ne faſſe grande-
ment ſouffrir l'eſprit de nature?
D'où il arrive que les ames foi-

bles preferent les devotions plus faciles, & plus indulgentes, à celle-ci qui paroist d'abord plus austere, & plus repugnante à leur esprit; parce que les premieres ne leur montrent au commencement que des consolations; quoy qu'à la fin elles soient remplies d'amertumes, & suivies de defauts considerables; au lieu que cet exercice ne donne au commencement que des rebuts, & des cuisantes mortifications; mais dans la suite, beaucoup de douceur, & de satisfaction d'esprit.

Souvenez-vous donc que l'exercice de la volonté de Dieu est cette solide nourriture, dont Jesus-Christ noſtre Seigneur repaiſſoit ſa ſainte ame, lorſqu'il eſtoit ſur la terre ; ainſi qu'il témoigne luy même quand il dit, [Ma nourriture eſt de faire la volonté de mon Pere ;] mais nourriture des parfaits, qui ont un bon eſprit pour en concevoir l'importance ; un grand courage pour en ſurmonter les dégouſts, & un ardent deſir de tendre à la perfection par ſon moyen : cependant que les ames baſſes ſe contentent de ramper dans les petites pratiques de devotion ; où elles gouſtent quelques douceurs ſenſibles, qui les ſatisfont, par ce que les unes & les autres sont conformes à leur humeur delicate : desorte qu'aprés un long temps employé dans les exercices exterieurs de pieté, l'on ne les voit point plus pieuses ; au contraire elles ont si peu profité en la vertu , que les Directeurs sont souvent obligez de commencer à leur en enseigner les veritables principes.

Il semble que l'Apostre S. Paul deplore ce malheur , lors qu'escrivant aux Hebreux qui avoient eu les Prophetes pour maistres de la vie spirituelle, sans neantmoins avoir profité de leur sainte doctrine ; il leur parle ainsi, en leur faisant ce reproche. [J'ay , dit-il , mes

Freres , un grand diſcours à
vous faire ſur le ſujet des divines vertus pratiquées par Jesus-Christ noſtre Sei-
gneur, & qui même à voſtre
égard a beſoin d'interpreta-
tion ; parce que vous n'eſtes
pas capables de concevoir les
myſteres qu'il renferme. En
effet , n'eſt-ce pas une honte
que vous qui devriez eſtre des
maiſtres de perfection, pour
l'enſeigner aux autres, à cauſe
du long temps qu'il y a que
vous en eſcoutez les leçons ;
vous avez neantmoins aujour-
d'huy beſoin qu'on vous en
apprenne les premiers ele-
mens , & même qu'on vous
donne du lait au lieu de ſolide

nourriture, comme à des pé-
tits enfans, qui ont l'estomac
debile ? Car il est certain que
celuy qui a besoin du lait des
consolations sensibles , n'est
pas capable de comprendre
les sublimes discours de la perfection Chrestienne ; parce
qu'il paroist encore foible dans
les pratiques de la vertu. Il n'y
a donc que les grandes ames ;
c'est à dire les personnes de
cœur & de vertu , qui soient
capables de digerer l'aliment
d'une solide pratique , (telle
qu'est celle de la volonté de
Dieu) parce qu'elles ont acquis de saintes habitudes, qui
leur donnent un grand dis-
cernement entre le bien & le

mal, pour embrasser l'un, &
s'abstenir de l'autre.

Mais quant à vous, Ames
devotes, qui n'avez encore
qu'un bon desir de pratiquer la
vertu, en vous servant de l'e-
xercice de la volonté de Dieu ;
Sçachez que nonobstant toutes vos consolations sensibles, vous ne laissez pas d'estre tres-éloignées de la perfection, à cause des mauvaises habitudes que vous avez con-
tractées, & qui ne seront pas
si facilement détruites : Quoy
qu'enfin vous ne deviez pas
vous décourager, ni desesperer
de l'heureux succez de vôtre
pieux dessein, puisque Dieu
vous donne l'inspiration de

l'entreprendre : & que vous a-
vez sujet d'esperer de parvenir
par sa grace aux plus sublimes
estats de la vie spirituelle ; pourveu que vous ayez le courage
de combattre vostre propre
volonté dans tous les rencontres, afin d'accomplir celle de
Dieu ; ainsi que vous l'appren-
drez dans la suite de ce petit
Abbregé.

Si vous me demandez quel-
le assurance vous pouvez a-
voir de mieux reüssir en l'ac-
quisition des vertus par cet e-
xercice de devotion, que par
aucun autre ? Je vous réponds
qu'aprés avoir supposé le secours de la grace, & la cooperation de vostre volonté pour

ce grand dessein , l'on peut
vous rendre témoignage de
trois experiences incontesta-
bles.

La premiere, qu'il ne s'est
jamais trouvé aucune personne, qui n'ait fait un tres-grand
profit en la vertu par le moyen
de l'exercice de la volonté de
Dieu fidellement pratiqué.

La seconde, que tous ceux
qui ont perseveré constam-
ment dans la pratique de cet
exercice , sont enfin entrez
dans les secrets de la vie Mystique.

La troisiéme, que tous les
autres qui n'ont point pris l'e-
xercice de la volonté de Dieu
pour leur conduite, sont toû-

jours demeurez pleins d'eux-
mêmes, & de leur propre volonté : & enfin contraints d'a-
voüer aprés un long temps
mal employé dans les pratiques exterieures de devotion,
qu'ils n'eſtoient pas dans le
bon chemin, conſiderant les
fautes notables qu'ils com-
mettoient, nonobſtant l'aſſi-
duité qu'ils apportoient à s'acquitter de leurs autres exercices, parce qu'ils ne ſe ſervoient
pas du principal, qui eſt celuy-cy.

SECTION II.

En quoy consiste l'exercice de la volonté de Dieu.

1. L'EXERCICE de la volonté de Dieu consiste à faire continuellement tout ce que Dieu commande, conseille & inspire, avec toute la fidelité possible.

2. L'Exercice de la volonté de Dieu consiste à renoncer en tout temps, en tout lieu, & en toute occasion à sa propre volonté, pour faire celle de Dieu, sans interruption, & sans fin.

3. L'Exercice de la volonté

de Dieu confiste à ne jamais former aucune penſée, dire aucune parole, ni faire aucune action deliberée, qu'on ne connoiſſe clairement qu'elle eſt conforme à cette divine volonté.

4. L'Exercice de la volonté de Dieu conſiſte à avoir une telle diſpoſition de bonne volonté pour Dieu, qu'on aimeroit mieux mourir que de commettre la moindre action qui luy dépluſt, & même qui ne luy fuſt pas agréable.

5. L'Exercice de la volonté de Dieu conſiſte à vouloir tout ce que Dieu veut, en la maniere qu'il le veut, dans le temps qu'il le veut, & pour les
mêmes

mêmes fins qu'il le veut ; sans
y mêler rien du nostre.

6. L'Exercice de la volonté
de Dieu consiste à faire tout ce
que Dieu veut, pour difficile
qu'il soit, sans aucune excep_
tion, & sans aucun interest
particulier, qui ne regarde que
nous ; mais seulement parce
qu'il le veut, & que c'est sa
plus grande gloire.

7. L'Exercice de la volonté
de Dieu consiste à se conformer à son bon plaisir dans toutes les peines exterieures & interieures qui nous arrivent ;
dans toutes les persecutions
qu'on nous fait : bref dans tous
les maux qui nous affligent,
puis qu'ils viennent tous de

Dieu, comme les juftes effets de fon adorable volonté.

8. L'Exercice de la volonté de Dieu confifte dans un total abandon à fa Providence, fans jamais nous inquieter de tout ce qui nous peut arriver dans le temps, ni dans l'éternité, afin de ne nous occuper l'efprit que de la fidelité & de la ferveur que nous devons avoir pour executer fa fainte volonté, en la maniere que nous la connoiftrons dans les momens prefens.

9. L'Exercice de la volonté de Dieu confifte à regler tout noftre homme exterieur & interieur felon fes ordres, fans jamais nous en départir, ni à

la vie , ni à la mort.

10. L'Exercice de la volonté de Dieu consiste à n'avoir qu'un même vouloir , & même non vouloir avec Dieu : de sorte que son esprit soit l'esprit de nostre esprit ; & sa volonté , la volonté de nostre volonté.

11. L'Exercice de la volonté de Dieu consiste à demeurer indifferent au milieu des adversitez & des prosperitez; des afflictions & des consolations; du travail & du repos ; des combats & des victoires; du calme & des tempestes; sans vouloir l'un plus que l'autre; puisque Dieu veut également que tout cela nous arrive.

12. L'Exercice de la volonté de Dieu consiste à estre si parfaitement transformé en Dieu, que nous vivions davantage de la vie de Dieu, que de la nostre; de sorte que tous nos mouvemens viennent de Dieu, se fassent en Dieu, tendent à Dieu, ne se produisent que pour Dieu; & se reposent tranquillement en Dieu.

Voila ce qu'il faut faire pour estre parfait dans l'Exercice de la volonté de Dieu; voyons maintenant comment il le faut pratiquer.

SECTION III.

Dispositions necessaires pour profiter dans l'exercice de la volonté de Dieu.

JE remarque trois disposi-tions necessaires de nostre part pour bien reüssir dans ce saint exercice.

La premiere, Connoistre quelle est la volonté de Dieu que nous devons faire.

La seconde, Desirer ardem-ment de la faire.

La troisiéme, Demander instamment à Dieu la grace de la bien faire.

Quant à la premiere, vous

B iij

devez fçavoir qu'il y a deux fortes de volontez de Dieu; dont l'une eft *Effentielle*, in-dependante de perfonne, ab-foluë en elle-mefme; la caufe univerfelle de toutes chofes, & enfin Dieu même; que les Theologiens appellent *Volonté de bon plaifir*.

La feconde volonté par op-pofition à la premiere, peut eftre dite *Accidentelle*, parce qu'effectivement elle eft chan-geante, dépendante de Dieu, hors de luy, fon effet, & fa creature, qu'on appelle dans la Theologie, *Volonté de Si-gne*; parce qu'elle nous figni-fie ce que nous devons faire.

La volonté effentielle, qui

est Dieu même, ne se fait point, puisqu'elle est d'elle-même, par elle même, en elle même, & toûjours la même; mais elle peut estre connuë, adorée, & obeïe par ses creatures.

La volonté accidentelle, ou de signe qui est hors de Dieu, doit estre faite par nous, selon l'ordre qu'il nous en donne : de sorte que la volonté exterieure de Dieu, & l'œuvre qui nous est commandé, ne sont qu'une même chose.

Neantmoins pour ne pas separer Dieu de son œuvre, ou si vous voulez, les deux volontez de Dieu, Essentielle, & Accidentelle, l'une de l'autre;

quoy qu'essentiellement differentes l'une de l'autre, nous les
devons joindre toutes deux en-
semble, par un saint artifice,
dans toutes nos actions, afin
de les rendre parfaites ; faisant
l'action qui nous est commandée, conseillée, ou inspirée ;
ou bien, (ce qui est même
chose) la volonté accidentelle de Dieu, pour l'amour de
la volonté essentielle, qui est
Dieu même.

Ainsi la volonté accidentelle de Dieu en tant que commandée, faite ou à faire, nous
servira de regle, de merite, &
de sujet ; mais la volonté essentielle nous tiendra lieu d'objet,
d'aide, & de fin surnaturelle.

SECTION IV.

Les Oracles de qui nous devons apprendre la volonté de Dieu ſur terre.

NOus devons conſulter trois Oracles, pour apprendre ce que Dieu veut de nous en ce monde ; ſçavoir, la Foy, les Superieurs, & la Raiſon ; mais chacun dans ſon ordre, & ſelon la ſubordination que Dieu y a eſtablie.

C'eſt une regle infaillible, que tout ce que l'Egliſe nous propoſe pour article de foy, afin d'eſtre crû, ou mis en pratique, doit eſtre accepté & accompli

B v

par nous , comme eſtant la
tres-expreſſe volonté de Dieu.

L'on peut reduire à ce principe les revelations que Dieu fait
quelquefois à ſes fideles ſervi-
teurs ; auſſi bien que les ſaintes
inſpirations qu'il nous donne
tous les jours, de faire quelque
bonne œuvre, mais dont la verité doit eſtre examinée par les
regles de la foy , de l'obeïſſan-
ce , de la ſcience & de la raiſon , crainte de s'expoſer à
tomber dans l'erreur.

Le ſecond Oracle que nous
devons conſulter , au defaut
des lumieres de la foy , eſt celuy des Superieurs , que Dieu
a eſtablis au monde, pour nous
commander à ſa place : Et par

consequent il faut croire fer-
mement, que tout ce qu'ils
nous ordonnent dans l'ordre
de leur pouvoir, comme non
contraire aux loix divines, doit
estre aussi fidellement accompli par nous, que si Dieu nous
l'avoit commandé luy même
de sa propre bouche.

Le troisiéme Oracle est celuy de la Raison, ou de la conscience, qui nous a esté donné
de Dieu, comme une belle lumiere pour nous éclairer dans
les voyes obscures de la vertu,
& de nostre devoir. C'est
pourquoy toutes & quantes
fois qu'il se presente une occasion d'agir, pour laquelle vous
ne connoissez point de regle

B vj

particuliere, ni certaine, or-
donnée de Dieu, ou des Superieurs, qui vous détermi-
nent fur ce que vous devez
faire ; & que d'ailleurs vous
ne pouvez pas recourir à eux,
pour eftre éclairci de ce que
vous avez à faire : pour lors
confultez voftre confcience
avec indifference, & bonne
intention ; c'eft à dire ne pan-
chant pas davantage du cofté
de l'affirmative, que de la ne-
gative ; comme auffi ne defi-
rant autre chofe que de plaire
à Dieu dans ce qui fe prefente de difficile à connoiftre ;
Aprés quoy tenez pour certain
que ce que voftre confcience
vous dictera de faire, fera bien

aſſurement l'infallible volonté de Dieu.

SECTION V.

Regles infaillibles pour con-
noiſtre la volonté de
Dieu operée.

SI nous apprenons des Oracles de la foy , de l'obeïſ-
ſance , & de la raiſon , les volontez divines que nous devons faire: auſſi pouvons-nous
connoiſtre celles qui ſont faites , accomplies & terminées
par les regles ſuivantes.

  Premiere regle. Dieu eſtant
le Createur de tout ce qui eſt
au monde, il doit par conſe-

quent eftre reconnu pour l'au-
theur de tous les maux de
peine qui nous y arrivent. Selon cette Sentence du Prophete Amos, lors qu'il demande, s'il peut y avoir du mal en
la cité, que le Seigneur n'ait
fait ?

Comme auffi Dieu doit
eftre avoüé pour le principe
de tous les biens de nature, de
grace, & de gloire, que nous
poffedons ; ainfi que témoigne l'Apoftre faint Jacques,
quand il dit, que tout ce qui
eft donné de meilleur, & de
plus parfait, vient d'enhaut, &
nous eft accordé par le Pere
des lumieres.

Seconde regle. Tous les effets

naturels, quoy que caufez par nos pechez, & par nos defor-dres; comme maladies, guer-res, perfecutions, envies qu'on nous porte, calomnie qu'on nous impofe, aveuglement, ignorance, foibleffe, & gene-ralement tous les maux par-ticuliers qui nous arrivent de la part des creatures, quoy que nous y ayons donné occafion par nos déreglemens, vien-nent neantmoins immediate-ment de la feule volonté de Dieu, en qualité de chafti-mens tres-juftement infligez à caufe de nos pechez : com-me nos pechez ont procedé immediatement de noftre mavaife volonté, en fe retirant

injuftement de l'obeïffance
qu'elle devoit à la fainte volonté de Dieu.

Troifiéme regle. Toutes les
difpofitions de noftre ame
dans le temps de l'oraifon ; foit
qu'elle fente de la difficulté,
ou de la facilité à la faire ; foit
qu'elle y ait des diftractions,
ou du recueillement d'efprit ;
foit qu'elle y experimente de
la peine , ou de la joie ; des
tenebres , ou des lumieres ; de
la pauvreté , ou de l'abondance ; de l'élevation , ou de l'a-
baiffement ; de la familiarité
avec Dieu , ou de l'abandon ;
des tentations , ou de la paix
interieure. Comme auffi tous
les eftats de vertus , petits ou

grands , dans leſquels nous nous nous trouvons, ſont des diſpoſitions & des eſtats que Dieu veut, & auſquels nous devons paiſiblement nous conformer , ſans jamais en avoir aucune inquietude ; faiſant neantmoins de noſtre coſté tout ce que nous pourrons pour nous rendre plus vertueux, acquerir plus de grace, & plaire davantage à Dieu. Car encore bien que Dieu veüille noſtre humiliation pour chaſtiment de nos fautes ; il ne veut pas neantmoins nos negligences , & nos pechez qui en ſont la cauſe. Mais au contraire ſa volonté eſt que nous nous efforcions de correspondre à sa grace, laquelle ne nous manque jamais au besoin.

Somme des trois regles. Osté le peché que Dieu ne veut point, & ne peut vouloir, à cause de son infinie Bonté; il veut absolument, réellement, & de fait, tout ce qui est & qui se fait au monde; & à quoy il faut que nous nous nous conformions, si nous avons dessein de luy plaire.

SECTION VI.

SECONDE DISPOSITION

Pour profiter en cet Exercice,
à ſçavoir, le deſirer de
tout ſon cœur.

LE bon ordre demande qu'aprés avoir connu clairement la volonté de Dieu faite ou à faire, nous deſirions nous y ſoûmette genereuſement, nonobſtant toutes les contradictions, ſoit exterieures du coſté des creatures ; ſoit interieures de la part de noſtre nature corrompuë.

Mais parce qu'il ne faut pas attendre que vous ſoiez preſſé,

pour donner voſtre volonté à
Dieu ; faites-en une conſecra-
tion ſolemnelle à ſa divine Majeſté : & pour cet effet choiſiſ-
ſez un jour de Feſte , auquel
eſtant preparé par une bonne
Confeſſion de vos pechez , &
aprés avoir receu le pretieux
corps de voſtre Sauveur en la
ſainte Communion ; vous luy
ferez l'offrande de voſtre volonté en cette maniere.

Mon Seigneur & mon Dieu,
connoiſſant que vous ne m'a-
vez creé que pour voſtre gloire, & que je vous dois obeïſ-
ſance en qualité de creature;
je me répens de toutes les rebellions que ma propre volonté a fait paroiſtre juſques à

present contre la vostre ; Je vous en demande pardon : & pour l'avenir je renonce pour jamais à mon propre vouloir, en tant que contraire au vostre tres-saint : Je vous consacre ma liberté, & vous proteste, mon Dieu, en la presence des saints Anges & de toute la Cour celeste, que je ne veux jamais faire aucune action, n'avoir aucune pensée, & ne dire aucune parole qui ne soit conforme à vostre adorable volonté ; moyennant le secours de vostre sainte grace, que je vous demande en toute humilité.

Mais parce que vostre propre volonté ne manquera pas

de faire tous fes efforts pour
reprendre fes mauvaifes inclinations, au mépris de la volonté de Dieu, & de la fidelité que vous luy avez promi-
fe; ne manquez pas auffi tous
les jours au matin, & plufieurs
fois dans la journée, de renou-
veller la bonne refolution que
vous avez prife, de ne vouloir
jamais rien faire qui ne foit
conforme à cette divine volonté. Parce que fans cette re-
novation, voftre memoire
s'oubliera de fon devoir, vos
paffions vous emporteront à
commettre beaucoup de dé-
fauts, & voftre volonté n'aura
point de vigueur pour fe fur-
monter dans l'occafion.

Souvenez - vous que vos pratiques feront toûjours conformes à vos defirs ; & que fi vous avez un grand defir de faire la volonté de Dieu en toutes chofes ; vous la ferez infailliblement avec beaucoup de fidelité ; Mais fi voftre defir eft foible ; fçachez qu'il n'y aura que de la lafcheté, & de l'infidelité dans la plufpart de vos actions, & même dans vos pratiques de devotion.

Mais pour fomenter davantage ces faints defirs, faites-les revivre tous les jours en voftre Oraifon mentale ; par de nouvelles proteftations de ne vouloir dans le temps , & l'éternité que l'accompliffement

Comme auſſi examinez ſou-
vent voſtre conſcience, pour
connoiſtre de quelle maniere
vous vous comportez dans la
pratique de voſtre exercice.

Enfin, tenez pour certain
que vous ferez autant parfaitement la volonté de Dieu, que
vous aurez de deſir de la faire.

SECTION VII.

TROISIE'ME DISPOSITION

Pour profiter en cet Exercice ;
à ſçavoir, en demander
la grace à Dieu.

NE vous fiez pas à vous-
même, ni à toutes vos
bonnes reſolutions, puiſque
vous

vous n'en avez pas sujet. Mais confiez-vous uniquement en la bonté de Dieu ; esperant qu'elle vous donnera les graces necessaires , pour mettre en pratique vos saints desirs. C'est pourquoy n'en formez jamais aucun, que vous ne demandiez en mesme-temps à Dieu la grace de l'effectuer ; disant & repetant souvent cette priere du Roy Prophete , *Seigneur enseignez moy à faire vostre volonté , parce que vous estes mon Dieu.*

Ne vous contentez pas de demander à Dieu la grace de bien pratiquer sa sainte volonté en toutes choses; mais de plus, priez la sainte Vierge, &

C

tous les Saints de la demander à Dieu pour vous ; parce
que cette pratique eſt ſi difficile, vos forces ſi foibles, &
vos indignitez ſi grandes, que
vous ne meritez pas d'en obtenir la grace de la Bonté de
Dieu, ſans leurs puiſſantes in-
terceſſions ; & ſpecialement
ſans les merites de JESUS-
CHRIST noſtre Seigneur,
que vous devez interpoſer au-
prés de ſon divin Pere ; afin
qu'il vous ſerve de Mediateur
dans une affaire de ſi grande
conſequence, telle qu'eſt celle
de faire ſa divine volonté ; de
l'execution de laquelle dépend principaëment le ſalut
de voſtre ame

Exceptez la gloire de Dieu,
& voſtre ſalut, avec tous les
moyens qui conduiſent à ces
deux excellentes fins , & que
Dieu veut que vous luy de-
mandiez abſolument , tant
pour vous que pour voſtre prochain ; ne luy demandez jamais aucune autre choſe avec
détermination , mais bien a-
vec indifference, & ſoûmiſſion
à ſon bon plaiſir. Et ſouvenez
vous que vous ne pouvez
faire de priere , qui ſoit plus
agréable à Dieu, que de luy
demander ſans aucune reſ-
triction, l'accompliſſement de
ſa ſainte volonté.

Mais quand vous vous ſe-
rez apperçeu d'avoir oublié de

mettre en pratique ce saint
Exercice, pour avoir manqué
de faire la volonté de Dieu
dans quelque occasion, nonobstant toutes vos resolutions
& vos pieux desirs ; demandez luy-en pardon aussi-tost a-
vec douleur , & protestation
de mieux faire à l'avenir. Puis
sans vous inquieter de vostre
faute passée , & sans tarder davantage , reprenez humble-
ment vostre exercice ; renou-
vellez de rechef vos bons desirs ; & dites à Dieu avec con-
fiance en sa Bonté ; Seigneur,
enseignez moy, je vous prie, à
faire vostre sainte volonté, par
ce que vous estes mon Dieu,
& que vous m'avez creé un-

quement pour ce grand deſ-
ſein. Mais comme vous voyez
que je ſuis foible, je vous prie
de me fortifier par voſtre ſainte grace.

SECTION VIII.

Pratique generale de cet Exer-
cice, qui explique les trois
eſtats de la volonté de Dieu,
& de l'ame qui s'efforce de
l'accomplir.

L'APOSTRE ſaint Paul
nous enſeigne ce divin
Exercice dans ſon Epître aux
Romains, où il exhorte les Fideles d'éprouver; c'eſt à dire
de connoiſtre par leur propre

experience, tous les eſtats de la volonté de Dieu, *Juſte, de Bon plaiſir, & Parfaite.*

L'Exercice de la volonté de Dieu, que l'Apoſtre appelle Juſte, ſert dans la vie active, pour nous faire paſſer de l'état du peché à celuy de la grace, par laquelle ſeule nous devenons formellement juſtes: comme auſſi pour nous aider à acquerir la pratique de toutes les vertus, aprés avoir purgé noſtre ame des habitudes vitieuſes, au moins les plus notables ; de ſorte

Qu'encore bien que l'ame juſte qui s'exerce dans cet état, ſoit en grace, & ait par conſequent l'habitude de la

foy ; neantmoins elle ne s'en
fert pas ſi purement , qu'elle
n'y meſle beaucoup de motifs
tirez de la droite raiſon naturelle , quoy que fortifiée par
les lumieres de la foy. C'eſt
pourquoy , conſultez voſtre
conſcience en tout ce qui ſe
preſentera à faire ou à ſouffrir,
pour ſçavoir ce que Dieu demande de vous ; & aprés l'a-
voir connu , n'agiſſez jamais
contre ſes lumieres ; Parce
que vous devez tenir pour certain que tout ce que la droite
raiſon vous dictera de faire ,
ſera infalliblement l'expreſſe
volonté de Dieu.

L'Exercice de la volonté de
Bon plaiſir de Dieu, nous rend

agréables à sa divine Majesté, par la speciale pratique des trois Vertus Theologales, Foy, Esperance, Charité, qui sont icy dans leur force ; d'où il s'ensuit que l'ame ne cherche plus que Dieu, ne veut que Dieu ; n'aime que Dieu ; n'opere que pour Dieu ; ne soufpire qu'aprés Dieu, & ne veut connoistre que Dieu, non par les lumieres de la raison naturelle, qu'elle trouve imparfaites ; mais par celles de la foy, qui sont toutes divines, & nullement sujettes à l'erreur. Cet estat appartient aux Profitans, comme le precedent appartient aux Commençans.

L'Exercice de la volonté de Dieu, que le faint Apoftre appelle Parfaite, eft propre aux faintes ames, qui ont acquis l'habitude des deux eftats precedans, par la deftruction de leur propre volonté ; & par la fidelle pratique de celle de Dieu, non avec interruption & par reprifes, comme auparavant ; mais habituellement & fans difcontinuation, autant qu'il eft poffible à la foibleffe humaine ; D'où s'enfuit l'eftat d'union, qui ordinairement demeure invariable jufques à la mort.

Les graces qui fe trouvent le plus en ufage dans ce troifiéme eftat, font les dons du

C y

faint Efprit, qui éclairent l'entendement & fortifient la volonté humaine d'une maniere
eminente, pour leur faire connoiſtre & aimer Dieu autant
parfaitement que la creature
eſt capable de le connoiſtre
& de l'aimer ſur terre.

SECTION IX.

*Premier Eſtat de l'exercice de
la volonté de Dieu, & de
l'ame commençante qui le
pratique.*

QUICONQUE aura un
veritable deſir de s'a-
donner à ce ſaint Exercice,
doit premierement faire refle-

xion fur chacune de fes actions
particulieres , pour connoiftre
fi elle eft conforme à la volonté de Dieu ; puis s'eftant
apperceu que Dieu veut qu'il
la faffe , par le moyen des regles données cy-deffus , il la
rapportera à Dieu par cet acte,
ou un autre femblable. Mon
Seigneur & mon Dieu , je me
propofe de faire cette action ,
avec le fecours de voftre fainte grace , parce que vous le
voulez & me le commandez ,
comme eftant voftre bon plaifir, & voftre plus grande gloire.

Reïterez cet acte à chaque
action differente que vous en-
treprendrez ; fpecialement fi
vous eftes diftrait de Dieu.

C vj

Car fi ayant commencé la journée, ou quelque action avec intention de faire la volonté de Dieu ; & que voſtre eſprit demeure toûjours receüilli en luy, par une tendance amoureuſe vers ſa divine Majeſté, il ne ſera pas neceſſaire de quitter cette union de voſtre eſprit, & de voſtre volonté avec Dieu, pour faire ce qui eſt déja fait, par un nouvel acte, lequel ſeroit plûtoſt une eſpece de diſtraction de Dieu, qu'une veritable application à Dieu.

Ne vous arreſtez pas tant à vouloir connoiſtre trop curieuſement la volonté de Dieu, comme à la bien faire. Plu-

sieurs s'inquietent pour sçavoir le bon plaisir de Dieu
dans les choses indifferentes,
& negligent de s'y conformer
dans celles qu'ils connoissent
leur estre commandées. Exe-
cutez fidellement ce que vous
sçavez certainement estre dans
l'ordre des volontez de Dieu,
& pour la pleine intelligence
de tout ce que vous devez
faire dans les matieres dou-
teuses & indifferentes, elle
vous sera donnée à proportion que vous avancerez en la
vertu.

Prenez garde que la principale attention de l'ame dans
ce commencement, doit estre
à bien purger ses mauvaises

habitudes , ſes vices, ſes defauts, ſes intentions dépravées,
les recherches de la nature,
l'inclination vitieuſe des ſens,
le mouvement déreglé des
paſſions , l'amitié dangereuſe
des creatures ; les intereſts par-
ticuliers , qui n'ont pas Dieu
pour fin ; bref quelque attache que ce ſoit, ou à qui que
ce ſoit, qui n'eſt pas Dieu, ou
ne ſe rapporte pas à Dieu.

Mais ſur tout travaillez à la
deſtruction de voſtre propre
volonté , ſans quoy il eſt im-
poſſible que vous faſſiez bien
celle de Dieu ; C'eſt pourquoy étudiez vous à connoiſtre les mouvemens de voſtre
volonté ; & aprés les avoir

connus, combattez-les vigou-
reufement ; refiftez à leurs appetits , & ne leur accordez jamais rien; puis qu'ils font les
plus grands ennemis de vôtre
falut, & les principaux obftacles qui vous empefchent d'a-
vancer en la vertu. D'où vous
devez inferer, que vous pro-
fiterez autant dans les voyes
de la perfection , que vous
vous ferez violence pour refif-
ter à voftre propre volonté , &
non plus.

SECTION X.

Les trois Perfections qui doivent accompagner les actes des Commençans.

IL ne suffit pas de faire ce que Dieu commande, si l'on ne s'étudie de le bien faire. Plusieurs se contentent de s'acquitter exterieurement de leur devoir, sans se soucier de la reformation de leurs mœurs. Dieu demande davantage le cœur que les mains, & luy donner tout sans la volonté, c'est ne luy rien donner ; parce qu'on ne luy donne pas le principal qu'il demande, & sur lequel tout le reste doit estre appuyé, pour devenir meritoire. Ne soyez donc pas du nombre des negligens, si vous ne voulez tomber dans le malheur qui les accompagne : & pour vous en preserver, faites ensorte que toutes vos actions soient accompagnées des trois perfections suivantes ; sçavoir, de pureté, de fidelité, & de force.

Quant à la pureté ; aprés que vous aurez connu clairement que Dieu veut que vous fassiez quelque action, entreprenez-la aussi tost, sans tarder, & avec bonne intention; non pour en recevoir l'approbation des hommes ; mais afin d'obeir purement à Dieu; non pour satisfaire voftre inclination; mais afin d'accomplir le deffein de Dieu; non pour y trouver du plaifir, mais afin d'executer ce qui vous eft commandé; fans avoir aucun égard aux interefts ni aux repugnances de la nature, pourueu que l'efprit foit content, & que la fainte volonté de Dieu s'accompliffe en vous auffi bien que par vous.

Enfin fouuenez-vous que cette pureté d'intention eft la premiere perfection & le fondement de noftre divin exercice, auffi bien que de toute action vertueufe. Que vous deuez vous accoûtumer de pra-

tiquer au commencement de
chaque action differente ; &
qui n'a pas de rapport avec la
precedente. J'ay dit au commencement de l'action ; parce que quand vous aurez produit l'acte de pureté d'intention de ne vouloir faire l'action presente que pour plaire
à Dieu , en accomplissant sa
sainte volonté, il ne faut plus
penser qu'à bien faire l'œuvre
qui vous est commandée, sans
faire reflexion sur la volonté
de Dieu, comme si elle estoit
distincte de l'œuvre , puisque
la volonté de Dieu, & l'œuvre ne sont icy qu'une même
chose : de sorte que vous ferez
toûjours la volonté de Dieu si

vous faites bien l'œuvre qu'il
vous commande.

Quant à la fidelité que vous
devez apporter pour bien faire
chacune de vos actions ; elle
doit estre telle, que vous n'é-
pargniez aucune puissance, ni
aucune peine necessaire pour
bien reüssir dans l'execution
de la volonté de Dieu ; appli-
quant tout vostre esprit pour
bien penser à ce que vous faites ; employant toutes vos forces pour vous en acquitter di-
gnement ; & donnant tout le
temps convenable pour conduire vostre action à la perfection que Dieu vous demande.
Faites donc bien tout ce que
vous faites ; & ne détruisez pas

voſtre action en vous y cóportant mal, ou avec negligence.

Quant à la perſeverance, elle conſiſte à ne vous pas laſſer dans voſtre Exercice de la volonté de Dieu, mais à y perſeverer dans tous les momens, toutes les heures, tous les jours, toutes les ſemaines, tous les mois, & toutes les années de voſtre vie. Ceux-la ne continuent pas à faire la volonté de Dieu dans tous les momens de leur vie, qui n'emploient aucun moment de leur vie pour la bien faire. Les autres ne la font pas à toutes les heures du jour, qui paſſent la plus grande partie du jour ſans y penſer. Les autres ne s'y oc-

cupent pas tous les jours, qui
ne servent Dieu que par humeur & par reprises. Les autres
ne font pas la volonté de Dieu
toutes les semaines ni tous les
mois, qui ne la font que semaine à semaine ; & comme par
quartier. Enfin il y en a qui ne
l'accomplissent pas toutes les
années de leur vie, puisqu'ils
en passent la plus longue partie
à faire leur propre volonté,
ou à ne point faire reflexion
sur celle de Dieu ; mais pour
vous, ne cessez point d'estre
fidele à Dieu ; afin que vous
remportiez la couronne qui
est duë, & qui est promise à la
perseverance.

Les signes que vous aurez

acquis la perfection de cet estat, sont les suivans.

Le premier, si vous n'agissez plus par principe de vostre propre volonté; mais de celle de Dieu.

Le second, si vous avez détruit les mauvaises habitudes de toutes sortes de pechez mortels & veniels; ne commettant plus aucune faute que par surprise ou par fragilité, & non jamais par malice ni de propos délibéré.

La troisiéme, si vous avez acquis toutes les vertus morales; de sorte que vostre entendement se trouve veritablement redressé, & vostre volonté habituellement inclinée vers Dieu.

SECTION XI.

Second Estat de l'Exercice de la volonté de Dieu, & de l'ame profitante, qui le pratique.

APRE's que vous vous serez exercé si fidellement & si longuement dans les pratiques de la volonté de Dieu en qualité de Juste, que vous en aurez contracté l'habitude ; detruisant vos vices par l'establissement des vertus contraires ; vous vous appercevrez que vostre ame estant prevenuë de nouvelles lumieres, elle sera invitée, & même pressée

preſſée par les ſacrez mouvemens du ſaint Eſprit, de paſſer du premier au ſecond é-
tat de l'Exercice de la volonté
de Dieu , que l'Apoſtre appelle Bien plaiſante , ou du
Bon plaiſir : ſoit parce que
l'ame ayant ſurmonté toutes
les difficultez de ſes mauvaiſes
habitudes dans le premier é-
tat ; elle ne trouve plus que
de la facilité dans celuy-cy ;
ſoit effectivement que l'ame y
opere avec tant de bonne volonté pour Dieu, qu'elle n'y
goûte que de la joye, & des
ſuavitez interieures , qui luy
viennent par l'infuſion de la
grace.

Quand on vous parle d'un
D

état de Bon plaiſir, ne vous
imaginez pas qu'il ſoit entie-
rement exempt de ſouffran-
ces : au contraire les peines
interieures y ſont plus grandes
que dans l'état précedent; par
ce que l'ame y aimant Dieu
davantage, a par conſequent
plus de douleur pour les moin-
dres fautes qu'elle y commet,
que pour les pechez plus con-
ſiderables qu'elle faiſoit dans
le premier état. Mais quoy?
Ces joyes, & ces peines ſont
mêlangées ſi à propos par le
ſaint Eſprit, que le tout reüſſit
toûjours à ſa plus grande gloire, & au profit ſpirituel de
l'ame, qui ſçait faire un bon
uſage des unes & des autres.

L'état des ames qui s'exercent dans la volonté Bien plai-
fante, ou de Bon plaifir de
Dieu, confifte principalement
en deux points; Le premier,
en ce qu'elles mettent tout
leur plaifir à faire la volonté
de Dieu ; fans confiderer fi
ce que Dieu leur commande
eft facile, ou difficile ; fi elles
y fouffrent, ou n'y fouffrent
pas ; fi elles y meurent, ou fi
elles y vivent ; bref fi elles font
confolées , ou ne le font
pas.

Le fecond confifte en ce
qu'elles ne font pas tant d'ef-
time de l'action exterieure qu'-
elles operent, que du plaifir
que Dieu prend à voir que ce

qu'il commande, est accompli. Ainsi outrepassant toutes les creatures d'un vol tres leger de grace, elles vont trouver Dieu pour se rejouïr uniquement en luy.

Ne pensez pas que dans la pratique de ce second état, on laisse celle du premier ; au contraire non seulement on le suppose ; mais deplus on le pratique encore d'une maniere plus éminente ; comme le Grammairien qui a l'habitude de parler latin sans faute, met toutes les regles de la Grammaire en pratique d'une maniere beaucoup plus parfaite, que lors qu'il les apprenoit une à une. Puis qu'effectivement on ne peut pas faire la volonté de Dieu avec tant de perfection, que de donner du plaisir à Dieu, & d'en recevoir de Dieu, si l'on n'accomplit la volonté de Dieu avec toute la perfection, qu'il demande.

Ce second état de la volonté de Dieu, que nous appellons de Bon plaisir, appartient proprement aux Profitans, c'est à dire à ceux qui ayant levé les obstacles de leurs mauvaises habitudes, sont en disposition de profiter à tout moment en la perfection de toutes sortes de vertus; & specialement des Theologales, en la maniere que vous allez entendre.

SECTION XII.

Les trois Perfections qui doi-
vent accompagner les actes
des Profitans.

ENCORE bien que les
actes produits par les
ames de ce second état ne doivent pas estre tant multipliez
que ceux du precedent, parce
que leur effet dure plus long
temps dans la volonté; il faut
neanmoins les produire quand
la necessité le requiert; non en
quittant ceux du premier état,
mais en les supposant, & en les
perfectionnant par ceux - cy :
Car qui doute que les ames

fideles qui ſont en grace, par
la pratique de la bonne volonté de Dieu, ne poſſedent
les habitudes des vertus Theologales Foy, Eſperance &
Charité, auſſi bien que des
vertus Morales infuſes ? Mais
c'eſt autre choſe d'avoir receu
de Dieu les habitudes des vertus Theologales, & autre, de
les mettre habituellement en
pratique. Les Commençans
qui s'exercent dans les pratiques de la vie aĉtive ont le
premier. Les Profitans poſſedent le ſecond, en ce que toutes leurs aĉtions qui s'appro-
chent de Dieu par les exercices de la vie illuminative, ſont
faites par le principe de la vo-

lonté de Dieu , & se trouvent
toûjours accompagnées d'une
Foy illuminée, d'une vive Esperance, & d'une Charité ar-
dente pour Dieu.

Quant à la vertu de la Foy,
il est certain qu'elle seule ne
nous fera pas atteindre à la parfaite connoissance de la souveraine Verité, si nostre enten-
tendement n'est fortifié par
les dons lumineux du saint Esprit, pour la reduire excellem-
ment en pratique. Or c'est ce
qui se fait heureusement dans
ce second état, où l'ame ayant
levé les obstacles à la recep-
tion des rayons divins, par la
parfaite conformité de sa volonté avec la divine, elle com-

mence à découvrir quelque
chofe de grand de la Majefté
de Dieu, pour enfuite avoir
entrée dans les fecrets de la
vie Myftique, par les admira-
tions, fufpenfions, contempla-
tions , & transformations de
fon efprit en celuy de Dieu.

Dans cet état, qui n'eft autre proprement que celuy de
la vie illuminative, l'ame devient extraordinairement lu-
mineufe, connoiffant par des
efpeces plus univerfelles, &
par par confequent plus parfaites, les volontez divines
qu'elle doit faire ; la beauté de la vertu qu'elle doit
pratiquer ; la force du divin amour ; fon importan-

ce; les moyens de l'obtenir;
les vanitez du monde; les ru-
fes du demon; les recherches
de la nature; les fecrets de fa
propre confcience; les myf-
teres de la foy; la grandeur
des biens éternels qui luy font
promis pour recompenfe; &
fur tout, combien Dieu fon
cher amour eft fouverainement aimable.

Enfin, c'eft proprement
dans cet état où fe verifie la
fentence de l'Apoftre, qui dit,
*Que le Jufte vit, & fe nour-
rit de foy;* Parce qu'effectivement les grandes lumieres
qu'il reçoit du ciel, luy décou-
vrent la beauté des vertus, &
la laideur du vice; l'invitent à

fe repaiftre des premieres, comme eftant le veritable aliment de fon ame; & à avoir horreur du fecond, comme de l'ennemy de Dieu & de fon falut.

Quant à la vertu d'Efperance, elle fuit comme naturellement de la foy: Car comment fe peut-il faire que l'ame jufte, qui par le fidelle accompliffement de toutes les volontez de Dieu, reçoit des lumieres éclatantes pour connoiftre les biens éternels, ne conçoive en mefme temps des defirs tres ardens de les poffeder? De la viennent ces grands zeles & ces ferveurs heroïques, quand il eft queftion non feu-

lement d'executer les Commandemens de Dieu , mais
auſſi d'obeïr à ſes inſpirations,
& à ſes conſeils; l'ame trouvant qu'elle ne peut jamais a-
voir aſſez de reconnoiſſance
pour celuy qui luy promet
tout ce qu'il a , & tout ce qu'il
eſt , pourveu qu'elle luy ſoit
fidelle à tout ce qu'il luy propoſe.

C'eſt encore dans cet état
où l'eſperance en Dieu eſt ſi
grande, qu'elle paſſe en con-
fiance ; de ſorte que l'ame
ſuppoſant les ſoins qu'à Dieu
de ſon ſalut, elle ne s'en met
plus en peine , pour ne penſer
qu'à le ſervir : elle s'oublie ſoy-
mềme pour ne ſe ſouvenir que

de luy. Comme elle tient Dieu
pour son bon amy, & son tres
liberal bien-faicteur, elle se fie
totalement à sa souveraine
Bonté; ainsi il est impossible
de concevoir la joye, & la liberté d'esprit; avec laquelle
l'ame se comporte dans toutes ses actions.

Quant à la vertu de la Charité, elle ne manque pas d'accompagner icy la foy, & l'esperance ; non comme leurs
suivantes, mais comme l'ame
qui leur donne la vie, & le
plus grand éclat qu'elles pos-
sedent; puisque dans cet état
l'ame ne croit pas seulement
aux veritez divines, parce que
Dieu les a revelées, & n'espe-

re pas fimplement de poffeder les biens éternels que
Dieu a promis , par ce qu'il
eft fidelle; mais auffi parce qu'il
eft bon , & qu'elle a un grand
amour pour fa divine Majefté.

En effet , comment cette
ame là n'auroit - elle pas un
grand amour pour Dieu , puis
qu'elle eft dans l'Exercice de
la volonté de fon Bon plaifir?
Et cet Exercice confifte en ce
que fa volonté ne prend plaifir qu'à faire celle de Dieu,
pour le grand amour qu'elle
luy porte: Car dans l'état precedent l'ame faifoit la volonté de Dieu pour obeïr à Dieu
fon Seigneur; mais dans celuy-cy elle ne la fait que pour

l'aimer comme son bon amy; Ainsi elle ne pense plus aux récompenses qui sont promises aux fideles serviteurs, mais à l'amour qui est deu à son Bien-aimé ; & cette douce pensée la transforme tellement en Dieu, qu'elle n'opere que par ses ordres, & pour son amour ; souspirant sans cesse aprés luy pour le posseder, & ne craignant rien davantage que de le perdre un seul moment.

Enfin, si les vertus dans l'état précedent ont servi d'objet prochain à l'ame, pour y tendre & pour les acquerir, sans avoir de fin plus relevée, sinon de devenir vertueuse;

dans celuy-cy , l'ame supposant qu'elle les a aquises par
la misericorde de son Bien-
aimé, elle s'en sert comme de
principe & de fondement pour
s'élever au Dieu des vertus,
afin de l'aimer pardessus toutes choses : Dieu entant que
souverainement aimable , de-
venant luy même immedia-
tement le cher objet de son
cœur, pour tendre à luy sans
relâche, & l'aimer sans fin pardessus toutes choses , en ne
faisant rien que par son amour,
pour son amour, & en son a-
mour. Ce qui est accomplir
noblement la volonté deDieu,
& d'une maniere beaucoup
plus parfaite que dans le premier état.

SECTION XIII.

Troisiéme Etat de l'Exercice de la volonté de Dieu, & de l'ame parfaite qui le pratique.

COMME les Peintres n'enseignent d'abord à leurs apprentifs, qu'à tracer des lignes droites, & tirer des traits hardis, pour leur former la main ; puis leur montrent la maniere de contretirer un pied, un œil, une main, une teste ; & enfin leur apprennent à crayonner un corps entier, assorti de tous ses membres, avec toutes les proportions qu'il doit avoir. De mesme le saint Esprit qui est le grand Maître de la vie spirituelle, voulant conduire une ame à sa perfection, ne luy enseigne d'abord que le renoncement de sa propre volonté, afin de bien faire la sienne ; parce que c'est une consequence infaillible, que quiconque renonce à sa propre volonté, ne manque jamais de bien faire celle de Dieu.

Mais aprés que l'ame a acquis l'habitude de renoncer à sa propre volonté, pour se conformer à la divine ; le saint Esprit l'excite à aimer Dieu en tout ce qu'elle fait, dautant que la volonté de cette ame,

qui est habituellement refor-
mée, demande naturellement
qu'elle se transforme en celuy
qu'elle aime, par autant d'actes
d'amour qu'elle fait de bonnes œuvres ; ainsi que nous
avons veu dans la vie illuminative ou affective.

Mais enfin l'habitude du
divin amour estant formée
dans la volonté de cette ame,
& ne pouvant ce semble pas-
ser plus outre, par ce qu'elle
ne peut pas aimer un objet
plus parfait que Dieu ; voicy
que le saint Esprit son sage
Directeur luy inspire une autre maniere de conduite beaucoup plus parfaite que les precedentes ; en ce que les autres

eftant toutes actives, celle-cy au contraire demeure toute paffive ; non que l'ame ceffe d'aimer Dieu, mais parce qu'elle ne l'aime plus comme autrefois avec de grands efforts naturels ; non que l'ame demeure dans un même eftat de perfection, fans plus avancer dans les voyes du faint amour; au contraire elle s'y perfectionne à tous les momens & par toutes les actions de fa vie, parce que fon cœur eftant confacré par état à l'amour facré de fon Dieu, il s'enfuit que tout ce qu'il veut par luy même, & que tout ce qu'il commande eftre fait par les autres puiffances qui luy font fujettes,

devient auſſi par état animé
du même divin amour, lequel
pour ce ſujet eſt appellé état
d'union, à cauſe que dans les
deux états precedens, la volonté de l'homme tendoit à
celle de Dieu, par les actes
d'abnegation, de conformite,
& de transformation ; mais
dans l'état preſent, la volonté
humaine ſe trouvant parfaitement transformée en celle de
Dieu, elle luy demeure heureuſement unie.

Comme la lumiere du mi-
dy n'eſt point eſſentiellement
differente de celle de l'aurore,
puiſque c'eſt la même, & qui
eſt ſeulement renduë plus
grande par des degrez plus

intenſes : De meſme la volonté de Dieu, que l'Apoſtre
appelle Parfaite, ſuit les deux
precedentes, dont celle-cy eſt
la conſommation, auſſi bien
que la perfection de l'ame qui
s'y exerce. C'eſt pourquoy
comme le midy eſt une reu-
nion de toutes les ſplendeurs
que le ſoleil a envoyées ſur a
terre, depuis le premier inſ-
tant du jour, juſques au plus
haut point de noſtre meridien:
De même l'état de la volonté
unitive conſiſte dans l'habitude formée & bien eſtablie de
toutes les vertus Morales; &
ſingulierement des Theologales, Foy, Eſperance, Charité, avec toute leur ſuite,

compoſée des Dons & des
Fruits du ſaint Eſprit; Bref
des huit Beatitudes, qui ſont
proprement les actes heroïques de la vie Myſtique.

Cette habitude donne une
telle facilité à l'ame de n'agir
qu'en Dieu & pour Dieu, qu'-
elle ne trouve preſque plus de
difficulté dans toutes les pra
tiques de la vertu ; ſouffrant
même avec joye les mortifica
tions, les humiliations, les con-
fuſions, les injures; bref tout ce
qu'on luy fait de mal, & tout
ce qu'elle doit faire de bien
pour plaire à Dieu ſon unique
amour ; parce qu'elle a comme éteint tous les mouve-
mens de ſa propre volonté,

qui eſtoient la cauſe des contradictions qu'elle reſſentoit à
faire celle de ſon Dieu.

SECTION XIV.

Les trois Perfections qui doi-
vent accompagner toutes les
actions des ames Parfaites.

IL eſt vray que l'ame qui eſt
heureuſement parvenuë au
ſublime état de l'Exercice de
la parfaite volonté de Dieu,
doit eſtre ornée de toutes les
vertus eminemment prati-
quées, ſans qu'aucune luy
manque, & dont la privation
la feroit déchoir de ſon état,
comme une ſacrée Epouſe qui
n'eſt

n'est aimée de son divin E-
poux, qu'à cause de la multitude de ses vertus ; de sorte
que si une seule venoit à luy
manquer, pour avoir commis
quelque infidelité contre l'a-
mour qu'elle luy doit, elle
tomberoit en même temps
dans sa disgrace, & déchoiroit
de la perfection de son état.
Remarquez neantmoins qu'il
y a trois sublimes perfections,
qui appartiennent si specialement à ce troisiéme état de la
volonté de Dieu, qu'elles ne
conviennent nullement aux
deux precedens. Non que ce
soient des vertus distinctes de
la Foy, de l'Esperance, & de
la Charité ; mais ce font les

E

effets des mêmes vertus heroïquement pratiquées , & que
nous appellons *Simplicité*,
Abandon, *Repos*.

Quant à la simplicité, vous
devez sçavoir que comme le
Grammairien qui a acquis une
parfaite habitude de mettre
toutes les regles de la Grammaire en pratique , perd l'idée
de toutes les regles particulieres qu'on luy a enseignées,
sans manquer neantmoins
contre ses regles , pour ne se
servir que de sa simple habitude , qui luy donne une grande liberté d'exprimer correc-
tement tout ce qu'il veut dire :
De même aprés que l'ame a
passé par tous les estats de la

vie spirituelle , & par toutes ses
pratiques , elle s'en forme une
espece d'habitude dans son entendement & dans sa volonté;
de sorte qu'à la façon des Anges , cette ame voit tout d'un
coup ce qu'elle doit faire , &
le fait en effet , sans s'amuser
à de longues déliberations.
C'est à cet heureux estat, que
les Docteurs Mystiques donnent le nom d'*Union* ; parce
que les actes y sont tres sim-
ples ; & comme tous reduits
au seul amour en parfaite u-
nité avec son objet : d'où
s'ensuit que l'ame a la satisfaction de voir (sans neantmoins en tirer de la vanité)
que sa volonté s'estant entie-

rement soûmife à celle de Dieu, Dieu aufli en récompenfe luy affujettit toutes fes puiffances fpirituelles , fes facultez corporelles , fes appetits, fes paffions ; enfin tous fes fens , tant exterieurs, qu'interieurs , pour eftre gouvernez par les principes de la raifon , & de la grace, dans un bel ordre , qui paffe tout ce qu'en peuvent concevoir ceux qui ne l'ont pas experimenté.

Je diray plus. La fimplification de fes operations eft fi grande, qu'elle ne fait plus diftinction entre le fujet qui aime, & l'objet qui eft aimé : entre, dis-je, l'entendement du fujet qui connoift la beauté de l'objet, & la volonté du même sujet qui aime la bonté du même objet ; enfin entre les puissances, & leurs actes ; c'est à dire entre les puissances qui connoissent & qui aiment, & les actes de connoissance & d'amour qui sont produits par ces mêmes puissances. Comme si l'ame qui aime, la volonté avec laquelle elle aime; l'acte par lequel elle aime; Dieu qu'elle aime, & l'entendement par lequel elle connoist qu'il est aimable, n'êtoient qu'une seule & tres-simple chose ; quoy qu'en effet toutes ces choses soient tres differentes entre elles.

Quant à l'Abandon, il

faut concevoir qu'il fuit comme neceffairement des pratiques precedentes. Car aprés
que l'ame a dit mille & mille
fois à Dieu qu'elle renonçoit
à fa propre volonté, pour faire
la fienne ; aprés qu'elle s'eft
mille & mille fois conformée
au bon plaifir de Dieu en tous
les accidens profperes & ad-
verfes, qui fe font prefentez; a-
présqu'elle a mille & mille fois
afpiré & foûpiré aprés Dieu,
fon cher objet, pour fe tranf-
former en fon divin amour ;
aprés que cette ame s'eft donnée mille & mille fois à Dieu
fon Bien-aimé , fans referve
& fans fin, pour difpofer d'elle
en la maniere qu'il luy plaira

dans le temps & dans l'éternité : Enfin Dieu la prend au
mot ; c'eſt à dire ſous ſa ſpeciale protection ; de ſorte que
l'ame ſuppoſant avoir aſſez dit
à Dieu qu'elle ſe donnoit à luy,
elle ceſſe de le dire, pour ne
plus penſer qu'à vivre comme
une perſonne qui s'eſt entie-
rement abandonnée, & dont
Dieu fait tout ce qui luy plaiſt,
ſans que l'ame luy contrediſe
en rien ; de même qu'un petit
enfant de lait, qui ne demande rien , qui ne refuſe rien,
qui ne juge de rien , qui ne ſe
plaint de rien ; bref qui ſe laiſſe
conduire à ſa bonne mere par
tout où elle veut, ſans qu'il y
apporte aucune contradiction.

Mais remarquez que cet abandon ne se fait pas tant par actes, comme par estat : de même que l'enfant qui demeure abandonné par l'estat de son enfance, & non par aucun acte d'abandon qu'il produise, à toutes les dispositions de ceux qui le gouvernent ; puisque l'ame qui a le bonheur d'estre entrée dans la liberté, & les droits des vrais enfans de Dieu, vit effectivement sans soin comme un veritable enfant du Pere celeste, qui la nourrit du lait de sa grace; la couvre avec le manteau de sa toute-puissante protection ; la carresse avec les douceurs de son divin amour ; luy

prepare le magnifique heri-
tage de ſa gloire , & dont il
luy donnera la joüiſſance éternelle , aprés qu'elle ſera ſe-
vrée de toutes les baſſeſſes de
ſon enfance temporelle.

Quant au Repos , il ſuit naturellement de l'abandon.
Car qui a jamais veu un petit
enfant s'abandonner entre
les bras de ſa bonne mere , &
en demeurer inquieté ? Au
contraire il demeure , & dort
tranquillement ſur ſon ſein
maternel, comme ſur le gra-
cieux principe de ſon eſtre , &
de toutes ſes douceurs. Mais
s'il ſe trouve des douceurs dans
la nature, qui donnent tant de
repos à ceux qui les goûtent

E v

par eſtat ; que devons-nous penſer des ames qui ſe ſont abandonnées entre les bras de Dieu leur bon Pere, dont les tendreſſes, les ſuavitez, & les ſoins paternels ſurpaſſent infiniment ceux de toutes les meres ? En verité ce ſont ces ames bien-aimantes & bien-aimées, qui ont ſujet de dire avec la ſainte Epouſe du Cantique. [Nous nous ſommes enfin repoſées ſous l'ombre de celuy que nous avions deſiré.] Puis qu'aprés l'avoir tant & tant de fois deſiré ; enfin il eſt venu ce Bien-aimé de nos cœurs, pour nous porter entre ſes bras ; pour nous couvrir de ſes aiſles ; pour nous

conduire par ſa Sageſſe ; pour
nous aimer par ſa Bonté;
& pour pourvoir à tous nos
beſoins par une ſpeciale Providence.

Mais ſuppoſé que l'ame ſoit
puiſſamment convaincuë, que
Dieu prend un ſoin ſpecial de
ſa conduite ; delà s'enſuit le
repos de ſon ſalut, de ſa perfection, & de ſa propre vie;
ſans avoir jamais aucune inquietude pour quelque acci-
dent qui luy arrive. Car ſi elle
tombe dans quelque defaut
par foibleſſe, elle ſe releve
auſſi tôt avec tranquillité par
le moyen du ſecours, que
Dieu ſon bon Pere & ſon fidelle Epoux luy donne ſans tar-

der. Si elle se trouve engagée
dans quelque peril de perdre
la vie, elle demeure tranquille au milieu des hazards ; par
ce qu'elle sçait que rien ne luy
peut arriver sans la permission
de Dieu son cher amour. Si
elle voit d'autres ames faire
de plus grands progrez qu'-
elle en la vie spirituelle ; elle
s'accuse à la verité de negligence, mais elle n'en conçoit
point de jalousie ; parce qu'-
elle ne veut pas estre plus parfaite, que Dieu son Bien-aimé
veut qu'elle soit.

Bref cette ame n'est emeuë
ni de la douceur de la santé,
ni de la douleur des maladies ;
ni de la joüissance de la vie, ni

de la crainte de la mort ; ni
des careſſes du monde, ni des
menaces des hommes ; ni des
tentations du demon, ni des
appas de la chair ; par ce qu'-
elle demeure tranquille en ſon
Dieu, qui eſt tous ſes amours,
toutes ſes douceurs, toutes ſes
eſperances, toute ſa force ;
tout ſon bien, toute ſa vie, &
tout ſon repos.

SECTION XV.

L'Etat d'Oraiſon ſuit ordinai-
rement l'Etat de la volonté
humaine.

PUISQUE l'entendement
& la volonté ſont les deux

principales puissances de l'ame, qui luy ont esté données de Dieu, pour marcher d'un pas égal dans les voyes de la perfection ; il est certain qu'il faut faire un égal usage de l'une & de l'autre pour parvenir à la fin que nous pretendons.

L'oyseau qui ne bat que d'une aisle, ne volera pas bien loin , ni bien haut ; & l'ame qui pretend n'aller à Dieu que par l'une de ces puissances, n'y parviendra jamais.

Les Seraphins que le Prophete vit sur le throsne de Dieu , se servoient de deux aisles pour voler en l'air , & se soûtenir en la presence de sa divine Majefté : & l'ame qui afpire à la fainte union de Dieu, doit également fe fervir de fon entendement pour contempler fes divines perfections, & de fa volonté pour l'aimer par la fainteté de fes œuvres.

Les deux aifles s'entreaident pour bien voler, comme les deux pieds pour bien marcher; de même l'entendement & la volonté fe donnent un mutuel fecours pour aller à Dieu, l'un par fes lumieres, l'autre par fes ardeurs ; mais il faut avoüer que l'entendement reçoit beaucoup plus d'affiftance de la volonté dans les operations furnaturelles, telle qu'eſt l'oraiſon ou la contemplation divine ; que la volonté n'en reçoit de l'entendement. Ce qui nous oblige d'aſſurer que l'eſtat de noſtre oraiſon ſuit ordinairement l'état, ou la diſpoſition de noſtre volonté, pour trois raiſons évidentes.

La premiere, parce que l'entendement ne peut contempler Dieu, ſi la volonté n'eſt pure ; ſelon le témoignage de Jesus-Christ Nôtre-Seigneur, qui dit, [Bien-heureux ceux qui ont le cœur pur, parce qu'ils verront Dieu ;] d'où il s'enfuit qu'à proportion que noſtre volonté ſera épurée de toutes ſortes

d'ordures de péché, noftre efprit fera plus difpofé pour va-
quer au faint exercice de l'o-
raifon.

La feconde, parce que l'o-
raifon du Chreftien doit eftre
confiderée comme une élevation de l'entendement vers
Dieu par le moyen de la Foy,
laquelle eft à la verité l'acte
de l'entendement, mais commandé par la volonté : D'où
il s'enfuit que plus la volonté
humaine fera fainte, plus la
foy de l'entendement fera pure ; & plus auffi l'oraifon qui
en procede, fera parfaite.

La troifiéme, parce que
tous les merites viennent de
la volonté ; C'eft pourquoy

puifque Dieu donne les graces
& les lumieres à l'entendement de faire bonne oraifon,
à proportion que la volonté
luy eft plus ou moins agréable ; il s'enfuit que plus la volonté eft jufte par conformité
à celle de Dieu , l'entendement reçoit auffi plus de lumieres du Ciel, pour s'entretenir avec Dieu.

Ainfi l'on voit clairement
que celuy qui pretend faire du
progrez dans les voyes de l'o-
raifon mentale , doit premierement travailler à bien purifier fa volonté ; aprés quoy il
peut s'affeurer que la grace
divine ne luy manquera pas ;
pour y avancer felon la dif-

poſition de ſa même volonté.

SECTION XVI.

De l'Oraiſon des Commençans dans l'Etat de la vie Pur-gative.

L'ON ne peut pas conce-voir qu'un voyageur puiſ-ſe faire de longues traites, s'il ſe trouve ſurchargé de quel-que peſant fardeau; ni que l'ame ſoit capable de s'élever à Dieu par l'oraiſon, ſi elle eſt accablée de pechez & de mauvaiſes habitudes; C'eſt pourquoy comme la premiere choſe que le voyageur doit

faire, eſt de ſe decharger de
tous les fardeaux qui l'appe-
ſantiſſent ; auſſi le premier
ſoin de l'ame qui deſire voler
à Dieu par le moyen de l'o-
raiſon, eſt de ſe défaire de toutes ſes fautes d'habitude, qui
l'arreſtent ſur la terre.

Les Laboureurs ne croyent
pas perdre leur temps à fû-
mer, labourer & façonner
leurs terres, afin qu'elles ſoient
en eſtat de recevoir avec profit la bonne ſemence , qu'ils
y voudront jetter. Et les ames
penitentes qui reſſemblent à
des terres incultes, à cauſe de
leurs mauvaiſes habitudes, ne
doivent d'abord s'appliquer
dans leurs oraiſons qu'à défri-

cher de leur cœur ce qui déplaist à Dieu, en formant de bonnes resolutions de s'amender de leurs fautes.

L'on ouvre la terre avec le choc de la charruë, où l'on veut jetter de bonnes semences : Aussi doit-on briser le cœur par la contrition des pechez, afin qu'il soit ouvert aux inspirations du saint Esprit, dans le temps de l'oraison.

L'on engraisse la terre avec du fumier, pour la rendre capable de porter du fruit en abondance ; Aussi faut-il nourrir l'esprit par les austeritez du corps, afin qu'il soit plus vigoureux à proportion que les forces corporelles apporteront moins d'obstacle aux operations de l'ame.

L'on arrouse les terres qu'on veut rendre fecondes, & les ames qui desirent acquerir l'abondance des vertus, doivent premierement pleurer leurs fautes passées, afin que les ayant noyées dans les eauës ameres de la penitence, elles soient en estat de pousser les actes d'une bonne oraison, comme autant d'espics sacrez qui pointent de la terre vers le Ciel; & qui renferment le fruits des bonnes œuvres.

Les criminels, ou les parties qui ont des affaires civiles devant les Juges qu'ils ont offensez, n'osent s'en promettre de favorables audiences, qu'auparavant ils n'ayent appaisé leur esprit justement indigné, par des satisfactions qui ayent du rapport avec la faute commise. Ainsi que fit Absalon aprés avoir tué son frere Amnon ; car il n'eut pas la hardiesse de paroistre devant la face du Roy David son pere, qu'il ne l'eust adouci par l'entremise de Joab.

Mais comment l'ame qui a notablement offensé la souveraine majesté de Dieu par un grand nombre de pechez, osera-t-elle se presenter devant luy à l'oraison, pour luy demander des graces, sans luy avoir demandé pardon de ses

crimes ; & fans avoir changé
de volonté, qui la rend abo-
minable aux yeux de toute la
Cour celefte, qui connoift fes
offenfes ?

Il faut donc tenir pour certain que le commencement
de la bonne oraifon, aprés la
grace divine, procede de la
bonne volonté ; que l'ame
pechereffe trouvera Dieu pro-
pice, comme la Magdelaine,
fi elle fe prefente devant luy
avec les larmes, & la contrition de fes fautes ; que Dieu
ne rebute jamais un cœur hu-
milié & contrit, qui fe con-
vertit veritablement à luy. Enfin que fi le divin Sauveur
s'entretenoit familierement

avec

avec les pecheurs , jufques à banqueter chez eux , pour avoir occafion de prolonger fes entretiens , en écoutant leurs demandes, & leur donnant fes réponfes ; fans doute il fera encore la même grace aux ames Penitentes , pourveu qu'elles travaillent à détruire leur propre volonté , en ne faifant aucune action qui ne foit conforme à la fienne ; & s'appliquent à l'Oraifon mentale dans le temps , & en la maniere qui leur fera infpirée par le faint Efprit, felon la difpofition prefente de leur volonté.

F

SECTION XVII.

*De l'Oraison des Profitans
dans l'Etat de la vie
Illuminative.*

TOUT ce que pretendent
les Commençans dans
leurs Oraisons mentales, est de
former de puissantes considé-
rations par leur entendement
sur les mysteres de la Foy, qui
excitent leur volonté à refor-
mer sa mauvaise conduite, par
les bonnes resolutions qu'elle
prend de se retirer du peché
pour embrasser la vertu.

Mais quand l'ame est par-
venuë à cette premiere fin;
& que par la grace de Dieu
elle n'a plus d'attache volon-

taire à aucun peché, l'on peut dire qu'elle a atteint l'état de bonne volonté & de complaisance au bon plaisir de Dieu; puisqu'en effet elle ne veut habituellement que ce qui plaist à Dieu; de sorte qu'elle aimeroit mieux mourir que de commettre la moindre faute, qui luy peust déplaire.

Or je demande maintenant quels sont les Actes que veut naturellement produire une bonne volonté, qui a de grands respects, & de fortes inclinations pour Dieu son unique objet ? Sans doute c'est de luy témoigner la vehemence de son amour, par une espece de reconnoissance, & de décharge ; ainſi que nous voyons dans toutes les perſonnes qui s'entre-aiment veritablement ; leſquelles n'ont point de plus grande ſatisfaction, que de parler familierement pour ſe communiquer mutuellement tous leurs ſecrets.

C'eſt donc ainſi que l'ame qui eſt parvenuë à l'état de bonne volonté, ſe laſſe de mediter pour aimer ; parce qu'elle eſt ſuffiſamment informée de la verité des myſteres divins, pour ne plus s'occuper que de l'amour de Dieu, le Bien-aimé de ſon cœur.

Dans cet état, l'ame trouve que l'entendement marche trop lentement dans les voyes spatieuses de l'oraison ; c'est pourquoy elle se sert de la volonté, pour tendre plus promptement à son divin objet.

Dans cet état, l'ame ne se contente plus des moyens qui conduisent à Dieu, mais elle desire joindre sa fin derniere; qui n'est autre que Dieu même; de sorte que tous les discours interieurs qu'elle peut faire de Dieu en l'oraison luy son ennuieux, si elle n'arrive à la presence de Dieu, qui est tout son souhait.

Dans cet état l'ame ne s'entretient ordinairement que sur deux grandes veritez, qui font le tout de Dieu, & son propre neant : dans lesquelles ve-

ritez elle découvre une si grande plenitude de lumieres, pour
admirer les grandeurs de
Dieu, & ses bassesses, qu'elles suffisent pour remplir toute la capacité de son esprit,
sans qu'elle ait besoin d'autres
matieres durant le temps de
ses oraisons.

Dans cet état l'ame ne peut
prendre aucun sujet déterminé
pour s'entretenir avec Dieu
en son oraison; parce que ce
n'est plus des lumieres de l'entendement ; mais des affections de la volonté qu'elle reçoit ses ordres : C'est pourquoy elle fait toûjours oraison selon la disposition de sa
volonté : Mais comme il n'y a

rien de si constant que l'amour fort, ni de si changeant que les productions de l'amour pur, qui s'accommode à tout ce que Dieu veut, en se faisant tout à tous ; il est certain que l'ame qui s'entretient avec Dieu par voye d'affection, produira autant d'actes differens, d'amour, de foy, d'esperance, d'adoration de Dieu, d'aneantissement de soy même ; de demandes, ou d'actions de graces que les mouvemens de son cœur seront differemment excitez par le saint Esprit. Et en cela il n'y a point de tromperie, mais une divine Sagesse ; puisque l'ame suit en cela les sacrez mouvemens de la charité, qui est la principale regle de sa conduite.

Dans cet état, l'ame se trouve ordinairement avec les dispositions suivantes , lors qu'elle fait oraison. Car ou elle y jouit de la presence de Dieu , ou elle se plaint amoureusement de son absence ; ou elle se console de ce qu'elle possede, ou elle s'afflige de ce qui luy manque ; ou elle demande, ou elle reçoit ; ou elle aspire , ou elle soûpire ; ou elle cherche, ou elle trouve ; ou elle desire , ou elle se repose à l'ombre de celuy qu'elle a desiré : de sorte neantmoins que ses desirs & son

repos ; fa jouiſſance , & ſes
plaintes ; ſes conſolations &
ſes afflictions ne partent que
de la grandeur de ſon amour.

Ainſi l'on voit que l'oraiſon
d'affection ne roule que ſur le
principe de la volonté du bon
plaiſir de Dieu. De ſorte qu'elle
dépend davantage d'un cœur
reformé , qui a de grandes ardeurs pour Dieu , que d'un
entendement ſubtil , qui a
beaucoup de ſcience , & peu
de vertu. Auſſi connoiſt-on
par experience que les ames
ſimples ont plus d'entrée à
cette maniere d'oraiſon , que
les ſçavans , parce que les premieres donnent incompara-
blement davantage à l'amour,

F v

qu'à la speculation ; & à la vertu, qu'à la curiosité de l'esprit ;
cependant que les seconds
s'occupent davantage à mediter les perfections de Dieu
qu'à les imiter ; & à penetrer
les secrets des mysteres, qu'à
entrer dans les pratiques ver-
tueuses qu'ils renferment ; d'où
il arrive qu'ils sont toûjours
secs en l'oraison ; parceque leur
volonté n'estant presque jamais prevenuë de l'onction du
saint Esprit, laquelle d'ailleurs
est absolument necessaire pour
faire l'oraison d'affection ; il
s'ensuit qu'ils demeurent toûjours frappant à la porte, sans
jamais entrer dans le sanctuai-
re de l'amour.

SECTION XVIII.

De l'Oraison des Parfaits dans la vie Unitive.

LA parfaite amitié entre les parfaits amis, confiste à n'avoir qu'un même vouloir, & même non vouloir; & par ce moyen se communiquer mutuellement le cœur l'un de l'autre; comme si des deux cœurs, il ne s'en formoit qu'un seul, qui ne fust propre à aucun d'eux; mais parfaitement commun à tous les deux amis.

La Morale enseigne cette amitié entre les hommes;

mais la loy Chreſtienne paſ-
ſant plus avant , commande
que la volonté de l'ame juſte
ſoit tellement transformée en
celle de Dieu , qu'elle diſpa-
roiſſe pour faire regner en elle
la divine volonté : deſorte que
la volonté de Dieu ſoit l'ame,
l'eſprit & la vie de la volonté
de l'homme, pour la mouvoir
dans l'oraiſon , comme dans
l'action ; d'où s'enſuit l'oraiſon
qui eſt propre à cet état des
parfaits amis de Dieu , laquelle a pluſieurs noms , quoy qu'-
ils ne ſignifient tous qu'une
même choſe.

Premierement , l'oraiſon
des ames parfaites dans la vie
unitive eſt appellée , *Oraiſon*

d'Union ; parce que de même qu'une goutte d'eau qui tombe dans l'Ocean, s'unit tellement à ce grand element, qu'elle ne fait plus qu'un seul tout avec luy ; de même par proportion quand la volonté humaine est devenuë si conforme & semblable à la divine, qu'elle a de la disposision pour s'unir à elle ; au moment que Dieu luy est manifesté par l'irradiation de sa grace, elle s'unit à luy par une liaison si étroite, qu'elle surpasse celle de deux intimes amis, qui se font cherchez avec empressement, & qui s'embrassent très-étroitement au moment qu'ils se rencontrent, sans se parler

d'abord ; parce que la vehemence de leur amour qui rem-
plit toute la capacité de leurs
cœurs, les empefche de former des paroles.

Secondement, cette manie-
re d'oraifon eft appellée *In-*
troverfion ; parce que tout
ainfi que le limaçon rentre
dans fa coquille, & fe ramaffe
en luy-même pour fe mettre
à couvert de la pluye, ou des
autres injures du temps; de
même l'ame qui eft attirée par
l'attouchement divin au dedans de foy, fe retire du de-
hors de fes operations fenfi-
tives, pour fe recueillir au plus
intime de fon fonds, comme
fi toutes fes puiffances avec

leurs actes eſtoient fonduës en
l'unité de ſon eſſence ; afin
d'avoir plus de force pour ſoûtenir l'operation de Dieu.

Troiſiémement, cette ma-
niere d'oraiſon eſt appellée
Paſſive ; parce que Dieu y o-
pere en l'ame les ſacrez mouvemens de ſon amour, ſans
qu'elle y contribuë autre choſe que de conſentir à l'operation de Dieu en elle ; laquelle
ſe fait principalement en la
volonté, par une abondance
d'amour, qui met toutes les
autres puiſſances dans la ſuſ-
penſion de leurs actes, afin
que l'ame ſoit plus recueillie
& vigoureuſe pour ſoûtenir la
preſence de Dieu, qui ſe ma-

nifeste à l'esprit, comme un Tout incomprehensible, qui n'est revêtu d'aucune espece distincte; parce qu'il est conceu par l'effort d'une foy simple & nuë, laquelle n'admet ni composition, ni phantosme; au moins perceptible à l'entendement humain.

Quatriémement; cette maniere d'oraison est appellée *Joüissance de Dieu*; parce que comme les Bien-heureux qui voyent Dieu, aiment Dieu, & se réjouissent de Dieu au Ciel selon la grandeur de leur charité, & de la lumiere de gloire qui leur est communiquée joüissent veritablement de Dieu autant qu'ils en sont ca-

pables ; de mefme les ames
parfaites dont la foy eft épurée , & l'amour pour Dieu tres-
intenfe fur la terre ; fe rejouïf-
fent fouverainement en Dieu,
comme du fouverain Bien,
qu'elles ont cherché, qu'elles
ont trouvé, & dont elles jouïf-
fent paifiblement au dedans
d'elles-mêmes, lors qu'il plaift
à Dieu de fe communiquer à
elles dans leurs contempla-
tions par les profufions d'une
bonté extraordinaire, qui leur
fait enfuite prendre à dégouft
tous les autres biens inferieurs,
qui ne font pas Dieu ; ou ne
viennent pas de Dieu, ou ne
conduifent pas à Dieu.

Cinquiémemement ; cette maniere d'oraison est appellée *Extatique*; parce que la vehemence de l'amour que l'ame y a pour Dieu, la transporte si fortement hors d'elle-même, pour se donner toute à Dieu, qu'elle semble estre plus en Dieu qu'en soy-même: Desorte que s'il arrive que l'ame soit souvent attirée à cette sublime contemplation, qui suspend ses sens, & change sa maniere d'operer selon ses puissances spirituelles, elle devient enfin si habituellement introvertie & simplifiée, qu'elle ne peut plus reflechir sur ses actes, ni se servir des especes grossieres de l'imagination, comme elle faisoit au-

trefois, qu'avec d'extresmes
contraintes, qui la font beaucoup souffrir.

Sixiémement; cette manie-
re d'oraison est appellée *Le*
sommeil de l'ame en Dieu, à
l'imitation de celuy que saint
Jean prit sur la sacrée poitrine
de J E S U S, aprés avoir receu
son precieux corps; non que
l'ame y dorme effectivement
par un assoupissement de son
corps; ainsi qu'il arrive dans
le sommeil naturel; mais elle
s'y repose doucement en Dieu
par une suspension de tous ses
sens, tant exterieurs, qu'interieurs, qui demeurent calmes,
cependant que l'ame se console par un doux écoulement

d'amour avec le Bien-aimé de
fon cœur ; qui luy fait dire a-
vec la fainte Epoufe, *Ego dor-
mio, & cor meum vigilat ;* Je
dors & mon cœur veille : Je
dors quant aux phantofmes
de l'imagination, qui font é-
vanoüis, & quant aux difcours
de l'entendement, qui font
ceffez ; mais je veille felon les
amoureufes productions de
mon cœur, qui eft tout ap-
pliqué à aimer celuy que je
ne fçaurois trop aimer.

Tout cecy nous fait voir que
l'oraifon d'union ne fe fait
dans une ame, que lors que
fa volonté eft uniforme avec
celle de Dieu ; puifque c'eft
l'amour qui applique l'ame à

cette maniere d'oraiſon ; c'eſt l'amour qui luy en donne la continuation ; c'eſt l'amour qui l'éleve & la transforme en Dieu, aprés que ſa volonté eſt revêtuë de la perfection que Dieu luy demande pour une ſi divine operation.

SECTION XIX.

L'on n'a accez dans la Theologie Myſtique, que par une vo-lonté parfaitement refor-mée ſelon celle de Dieu.

IL y a grande difference entre la Theologie Myſti-que, & la Vie Myſtique : en ce que la Theologie myſti-

que est une science cachée de
Dieu, & la Vie mystique est
le principe du mouvement &
de repos caché en Dieu.

La Theologie mystique
appartient proprement à l'entendement, puis qu'elle est
une connoissance de Dieu;
mais la Vie mystique regarde
formellement la volonté, parce que l'ame ne vit en Dieu,
qu'à proportion qu'elle aime
Dieu.

La Theologie mystique est
en verité le don de la sublime
contemplation, que Dieu ne
communique pas à toutes les
ames; quoy que d'ailleurs parfaites; Mais la Vie mystique
regarde la sainteté des actions,

laquelle eft commune à toutes
les ames, dont la volonté eft
parfaitement conforme à celle
de Dieu.

La Theologie myftique procede originairement de la Vie
myftique & de la volonté humaine; quoy qu'elle foit l'acte
formé de l'entendement; en
ce que c'eft la volonté entant
que remplie d'amour, qui applique l'entendement à connoiftre Dieu d'une maniere
heroïque dans fes contempla-
tions paffives; mais la vie
myftique ne procede pas de
la Theologie myftique, puifque cette feconde fuppofe la
premiere; & qu'on ne vit ordinairement de la Vie myftique,

fans avoir le don de la vie con-
templative.

La Theologie myftique ou-
tre les préventions de la grace, demande encore des difpofitions naturelles qui oftent
les obftacles aux effets de la
grace : d'où il arrive que ceux
qui ont un efprit pefant, curieux, fcrupuleux, ou inquiet,
ne font ordinairement pas
propres pour la contemplation divine ; mais tous font
propres pour la Vie myftique,
pourveu que tous aient une
bonne volonté pour fervir
Dieu , & l'aimer de toutes
leurs forces , avec le fecours
de la grace.

La Theologie myftique fe
forme

forme par les actes de l'entendement élevé par la Foy,
pour contempler Dieu d'une
maniere heroïque; mais la vie
mystique consiste dans les
operations de la volonté, entant qu'elle est animée de la
charité, & excitée par les Dons
du saint Esprit, pour produire
tous les actes heroïques de
vertu, que Dieu nous com-
mande, ou nous conseille de
pratiquer.

La Theologie Mystique
ne peut subsister sans la Vie
mystique, puisqu'on ne peut
pas connoistre heroïquement
Dieu, qu'on ne l'aime d'une
maniere aussi heroïque que
surnaturelle; mais la Vie myf-

tique peut subsister sans la Theologie mystique, puisqu'on peut aimer heroïquement Dieu, sans avoir le don de la contemplation divine ; ainsi qu'il est arrivé au regard de plusieurs grands Saints ; qui se sont sanctifiez dans les pratiques de la vie active, en secourant le prochain ; sans avoir esté appellez par les doux attraits de la grace au repos de la contemplation.

Enfin la Theologie mystique peut estre contrefaite, & déguisée par la nature, ainsi qu'il arrive en ceux qui ont peu de grace, & beaucoup de dispositions naturelles pour la contemplation passive ; & qui

ne laiſſent pas d'eſtre tres-im-
parfaits devant Dieu ; c'eſt
pourquoy il ne s'y faut pas ar-
reſter, ni faire un grand fondement, comme ſi l'on eſtoit auſſi immanquablement parfait,
qu'on eſt avancé dans cette
ſorte d'oraiſon : Mais quant à
la Vie myſtique, qui ne ſub-
ſiſte que par la mort de la
propre volonté , afin que la
volonté de Dieu ſeule regne
dans l'ame ; elle peut donner
de l'aſſurance à celuy qui en eſt
animé : puiſque tout l'Abbregé de la perfection conſiſte à
mourir à nous mêmes, pour
vivre à Dieu ſeul , en faiſant
ſa ſainte volonté , avec toute la
fidelité qui nous ſera poſſible.

Toutes ces differences nous montrent clairement que la volonté humaine parfaitement conforme à la divine, est la grande disposition qu'il faut avoir pour entrer dans les pratiques de la Vie mystique; & que la Vie mystique prepare l'esprit pour avoir accez dans les secrets de la Theologie mystique ; laquelle enfin sera accordée à l'ame fidelle, si Dieu la veut attirer à soy par l'esprit de la contemplation.

Mais soit que Dieu attire ou n'attire pas l'ame à cette sorte d'oraison passive, il ne faut pas que l'ame s'estime plus parfaite , pour en avoir

receu le don, ni plus impar-
faite pour n'en avoir pas eſté
gratifiée ; puiſqu'on voit des
ames que Dieu laiſſe dans les
pratiques de la vie active,
faire paroiſtre beaucoup plus
de vertu , & par conſequent
avoir plus de perfection, que
d'autres qui ſont attirées au
repos de la contemplation ;
parce que ces dernieres ne ſe
ſervent pas de leurs belles lumieres pour faire mourir en
ſoy l'eſprit de nature lors qu'-
elles les profanent par la vanité qu'elles en tirent ; en ſe
preferant aux autres, qui n'ont
pas les meſmes attraits de grace ; & en ne travaillant pas,
comme il faut, aux ſolides

pratiques de la vertu.

Ne jugez donc pas de vôtre avancement en la perfection par le gouſt que vous en aurez en l'oraiſon , mais par la mort de vous même ; ni par l'élevation de voſtre eſprit ; mais par l'aneantiſſement de vos paſſions , & de voſtre propre volonté ; puiſque toute noſtre perfection active conſiſte dans la parfaite pratique des vertus ; & que la vertu devant eſtre libre pour meriter , elle eſt neceſſairement la production de la volonté , & non de l'entendement.

Ce n'eſt pas que l'entendement ne contribuë beaucoup à noſtre perfection , lors que nous nous en servons bien à propos pour former de bonnes pensées, d'où naissent de saintes affections ; mais toutes ces bonnes pensées, & toutes ces saintes affections ne rendent pas l'ame parfaite ; si elle n'y joint la pratique ; de sorte qu'elle soit aussi fidelle dans l'amour effectif, que vigoureuse dans l'amour affectif : bref aussi morte selon ses sens, ses passions, & sa volonté dans l'action, qu'elle paroist aneantie selon l'esprit dans la contemplation.

SECTION XX.

Pratiques de la volonté de Dieu dans les actions particulieres de la journée.

PREMIERE PRATIQUE.

ACcoûtumez-vous au commencement de vôtre conversion, de ne faire aucune action, sans examiner premierement si elle est dans l'ordre de la volonté de Dieu; pour ensuite vous déterminer de l'accomplir à la plus grande gloire de sa divine Majesté; par le pur motif de son bon plaisir.

Mais quand vous aurez acquis l'habitude de cette pureté d'intention; contentez-vous de reflechir fur voftre action, lors que vous vous appercevrez eftre diftrait de Dieu ; & que voftre propre volonté vous porte à faire quelque chofe qui n'eft pas conforme à la fienne. Car vous devez fçavoir , qu'encore bien que les reflections fur nous-mêmes & fur nos actions, foient utiles quand nous commençons de fervir Dieu, pour purifier les fecrettes recherches de la nature corrompuë ; dans la fuite neantmoins elles nous deviennent préjudiciables, fi elles nous retirent de l'atten-

tion que nous devons avoir à
Dieu, pour nous faire penser
à nous-mesmes, quoy que
sous pretexte de perfection.

Seconde Pratique.

QUAND il se presentera
quelque occasion de pratiquer
la vertu, où vous sentirez beaucoup de repugnance; détour-
nez aussi-tost vostre veuë de
cet objet fâcheux, aussi bien
que de la personne qui vous
fait souffrir, pour élever vostre
esprit à Dieu, en considerant
d'un regard tres-vif, tres-fer-
me, mais tres-assuré; que ce
qui vous arrive dans cette occasion, est la tres-expresse volonté de Dieu; mais volon-

té fainte , jufte , & raifon-
nable , qui veut abfolument
pour de bonnes raifons, que
vous foyez traité de la forte.

Cette penfée fi genereufe
appaifera en un inftant le fou-
levement de vos paffions ; &
diffipera les reffentimens de
l'efprit de nature , qui ne veut
rien fouffrir ; aprés que vous
aurez connu que Dieu eft la
premiere caufe de toutes vos
fouffrances , & que les creatures ne font que les inftrumens,
dont il fe fert pour vous faire
pratiquer la vertu.

Enfin remarquez que fi
vous ne vous retranchez dans
ce principe, comme dans un
Fort inexpugnable , vous

n'obtiendrez jamais la paix de
voftre ame ; laquelle n'eft pro-
mife fur terre qu'aux hommes
de bonne volonté ; c'eft à dire,
qui fe conforment à celle de
Dieu, felon ces paroles en-
tonnées par les faints Anges,
au jour de la Nativité de Nôtre-Seigneur, *Et in terra pax
hominibus bonæ voluntatis.*

Troifiefme Pratique.

QUAND vous ferez obli-
gé de donner quelque hon-
nefte fatisfaction à vos fens,
ou à voftre efprit, dans l'ordre de la droite raifon, & de
la volonté de Dieu, comme
de boire, manger, dormir

parler, étudier, vous prome-
ner; regarder un beau tableau,
ou quelque objet curieux ;
ouïr une agréable musique ;
sentir de bonnes odeurs ; estre
élevé aux charges ; recevoir
des honneurs ; parler en public ; entretenir les Grands;
commander à vos égaux ; gou-
verner des sujets ; ou faire
d'autres actions éclatantes,
semblables à celles-cy ; lesquelles aprés tout sont l'appas
de la nature ; & même autant
de pieges de peché, si l'on ne
s'en donne de garde : ne manquez pas dans toutes ces rencontres de faire reflexion sur
vous même, pour examiner si
vous ne vous y recherchez

pas davantage que l'accomplissement de la pure volonté de Dieu : Ainsi ce retour sur vous même , vous servira de flambeau pour découvrir les secretes recherches de l'amour propre ; & vous donner la force d'y pouvoir resister.

Quatriéme Pratique.

COMME l'amour propre est le principe de tous nos malheurs ; & nostre propre volonté, la cause des rebellions que nous experimentons dans la pratique de la vertu ; si vous estes continuellement attentif sur vous même, pour détruire l'un & l'autre par la fidelle

pratique du saint exercice de
la volonté de Dieu, vous vous
délivrerez de toutes les contradictions d'esprit , & de toutes les repugnances importu-
nes, que vous experimentez
de la part de vos passions, en
coupant la racine, d'où elles
naissent: & acquerrerez ensuite une grande facilité pour la
pratique de toutes les vertus,
quand vous serez vivement
persuadé, que Dieu veut , &
vous commande de les pra-
tiquer. Ainsi dans cette noble
veuë du bon plaisir de Dieu,
l'humiliation ne vous paroîtra
point vile ; l'abstinence rude ;
la patience difficile ; la mortification facheuse ; le silence

ennuyeux ; la folitude étrange;
le travail onereux ; la pauvreté
honteufe; la chafteté impoffible , l'obeiffance intolerable ;
la foy trop aveugle ; l'efperance trop longue; la charité trop
large : mais vous fupporterez
courageufement & joyeufe-
ment le fuave joug de Noftre
Seigneur, dans la douce penfée
que c'eft luy mefme , qui vous
charge fa fainte Croix fur vos
épaules ; à l'exemple du bon
Roy David, qui difoit dans de
femblables rencontres , *Ob-*
mutui, & non aperui os meum,
quoniam tu fecifti ; Seigneur
j'ay gardé le filence, fans ou-
vrir ma bouche, pour me plain-
dre ; parce que c'eft vous qui

m'envoyez tout le mal que je
souffre.

Cinquiéme Pratique.

IL arrive souvent que Dieu
nous exerce en l'Oraison Mentale par des fechereffes, & des
privations rigoureufes ; qui
font quelques fois perdre courage à l'ame , par le mauvais
ufage qu'elle en fait, jufques
à abondonner ce faint exercice ; ou au moins s'y com-
porter avec beaucoup de lafcheté. Quoy que fi ces mêmes
ariditez, ou ces impuiffances
de s'entretenir avec Dieu, é-
toient prifes comme envoyées
de fa main ; elles ferviroient

davantage pour faire profiter les ames en la vertu que l'état de pure consolation ; ainsi que nous en assurent tous les Maistres de la vie spirituelle. Mais afin de remedier à un si grand mal & si ordinaire ; quand il vous arrivera de semblables secheresses en l'Oraison, conformez-vous paisiblement à la sainte volonté de Dieu ; qui vous veut en cet état de privation , puis qu'il vous y met par sa Providence: De sorte qu'au lieu de vous inquieter des occasions que vous avez données à la divine Justice de vous chastier ainsi de vos fautes ; ne pensez qu'à vous soûmettre au bon plaisir

de son adorable Majesté , qui
trouve bon que vous soyez
presentement traité de la sorte : souffrant avec patience,
resignation , & perseverance,
l'operation divine en vous, laquelle détruit celle de vostre
propre volonté, & vous donne moyen d'imiter l'exemple
de JESUS - CHRIST ; qui
dans cette extrême tristesse,
où il se trouva au Jardin des
Oliviers , ne fit point autre
priere jusques à trois fois, sinon dire ; Mon Pere , vostre
volonté soit faite , & non la
mienne ; Si vous voulez que
le Calice de ma Passion, passe
sans que je le boive, j'en suis
content ; mais si vous ne le

voulez pas, je ne le veux pas non plus; puifque je n'ay point d'autre volonté que la voftre.

Sixiéme Pratique.

COMME la nature eft foible, l'efprit humain inconftant; & les occafions d'offenfer Dieu, continuelles; voftre propre volonté ne manquera pas de fe produire à tout moment pour contredire à celle de Dieu, & vous faire tomber dans le peché, fi vous n'eftes fur la garde de vous même. C'eft pourquoy en quelque état que vous foyez, & quelque habitude de vertu, que vous ayez acquife, ne vous tenez jamais aſſeuré, comme ſi vous n'aviez plus rien à craindre; mais efforcez-vous de plaire toûjours de plus en plus à Dieu, dans une entiere défiance de vous-même.

SECTION XXI.

Avis generaux & tres utiles aux ames qui deſirent efficacement profiter en l'Exercice de la volonté de Dieu.

PREMIER AVIS.

PUISQUE Dieu veut que nous devenions Saints; il veut par conſequent que nous pratiquions tous les exercices de pieté qui font capables de nous fanctifier. Ce qui nous fait conclure que l'exercice de la volonté de Dieu eft verita-blement compofé de tous les exercices de devotion, & de toutes les pratiques de vertu, que Dieu nous infpire pour fa gloire, & pour noftre bien: C'eft pourquoy quiconque manque volontairement à pra-tiquer un exercice de devotion ou une vertu particuliere, ne pratique pas fidellement l'e-xercice de la volonté de Dieu.

Second Avis.

Retirez-vous le plus que vous pourrez de la com-

pagnie des hommes ; à moins
que la charité, ou l'obeïſſan-
ce ne vous y engagent. Parce que la multitude & le tu-
multe ſont les appas de l'a-
mour propre ; comme au contraire la ſolitude eſt l'élement
de la volonté de Dieu ; laquelle ſe fait connoiſtre aux eſprits
tranquilles & ſolitaires ; mais
ſe cache aux amateurs de nouvelles, qui ſont toûjours rem-
plis d'eux-mêmes, & des
bruits du monde.

Troiſiéme Avis.

SOYEZ l'ennemy de vous-
même, ſi vous ſouhaitez devenir amy de Dieu. Or eſtre

l'ennemy de foy-mefme ; c'eft
contredire à tout moment, &
en toute occafion à fa propre
volonté ; fans luy rien accor-
der de ce qu'elle defire : Comme à l'oppofite eftre amy de
Dieu ; c'eft confentir à tout ce
que Dieu veut ; obeïr à tout
ce qu'il commande, & ap-
prouver tout ce qu'il fait, fans
jamais apporter aucune oppo-
fition à fes volontez.

Quatriéme Avis.

I L eft impoffible que vous
furmontiez voftre propre volonté fans un fpecial fecours
de Dieu ; mais qu'il ne donne qu'à ceux qui luy en font
la

la demande par des Oraifons
continuelles. C'eſt pourquoy
priez toûjours Dieu, afin que
vous faſſiez toûjours ſa volonté : Et faites toûjours la ſainte
volonté de Dieu, afin que vous
le priez toûjours, puis que la
fervente priere, & la bonne
volonté, ſont les deux aîles
myſtiques, qui font voler l'a-
me à Dieu, ſans leſquelles il
n'y a point d'eſprit qui ne
rampe par terre, ni de volonté qui ne demeure foüillée de
peché.

Cinquiéme Avis.

ACCOUSTUMEZ vous
à faire vos actions avec atten-

H

tion d'efprit ; gravité de vos
fens, & recueillement de toutes vos puiffances, pour vous
mettre en eftat de faire la volonté de Dieu en toute occafion. Parce que les mouvemens precipitez viennent toûjours de la nature & de la paf-
fion ; comme au contraire les
actions graves & tranquilles
font ordinairement les filles de
la raifon & de la grace : Car
s'il eft tres-difficile qu'une perfonne de bon fens fe refolve
de commettre une mauvaife
action avec pleine delibera-
tion de fon jugement ; auffi
paroift-il comme impoffible
que fa volonté n'approuve ce
que la droite raifon luy dicte

devoir eſtre fait, lors qu'elle
eſt écoutée.

Sixième Avis.

NE deſirez pas tant la per-
feĉtion pour vous, que pour
Dieu ; parce que ſi vous ne la
voulez que pour vous, Dieu
de qui elle dépend, ne vous la
donnera pas ; à cauſe de la
mauvaiſe diſpoſition de voſtre
volonté, qui eſt toute remplie
de l'amour de ſoy-même: mais
ſi vous ne ſouhaitez d'eſtre
parfait, que pour plaire davantage à Dieu, & vous mettre en
eſtat de luy rendre plus de
gloire ; il ſecondera infailliblement voſtre bonne intention,

pourveu que vous ne vous laf-
fiez pas dans la pourfuite de la
vertu.

Septiéme Avis.

Vous ne découvrirez ja-
mais plus fenfiblement le profit que vous aurez fait en l'e-
xercice de la volonté de Dieu,
& de fon faint amour, que par
l'amour du prochain, & la hai-
ne de vous-même. Si vous ex-
cufez les defauts du prochain,
prenez fon parti, le défendez
de l'oppreffion & le foulagez
dans fes befoins, comme vous
même; il eft indubitable que
vous avez autant d'amour pour
luy que pour vous-même, &

que par ce moyen vous obfer-
vez le precepte de la charité.
Mais ſi vous ne penſez qu'à
vous, ne voulez du bien qu'à
vous ; & ne vous complaiſez
qu'en vous ; c'eſt une indice
manifeſte que vous n'avez de
l'amour que pour vous. Et s'il
vous ſemble que vous aimiez
Dieu, ſçachez que c'eſt plûtoſt
afin qu'il vous faſſe du bien,
que pour luy rendre de la gloire. Aprés quoy jugez vous-
même comment une charité
ſi intereſſée peut eſtre veritable.

Huitiéme Avis.

IL n'y a rien qui déplaiſe davã-

H iij

tage à Dieu & aux hommes que
la superbe ; parce qu'elle veut
supplanter toutes les grandeurs
pour s'élever sur leurs ruïnes.
Si donc vous desirez attirer les
benedictions du Ciel sur vous;
n'ayez de l'ambition que pour
le mépris ; n'aspirez à aucune
charge, ni à aucun honneur sur
la terre. Mais sur tout humi-
liez vostre esprit & vostre volonté devant Dieu, en ne con-
damnant jamais la conduite
qu'il tient sur vous, ni sur le
reste du monde, afin de vous
soûmettre tranquillement à ses
ordres, dans la pensée que celuy qui est essentiellement juste
& raisonnable ; ne peut rien
commettre contre la justice, &
la raison.

Neufiéme Avis.

ACCOUSTUMEZ-vous a garder le ſilence, pour vous délivrer d'un grand nombre de paroles inutiles ; & conſerver les bons ſentimens que Dieu vous aura donnez en l'Oraiſon : mais qui s'évaporent par le beaucoup parler : quand on quitte l'entretien de Dieu , pour avoir celuy des creatures, avec leſquelles il y a ordinairement beaucoup à perdre , & rarement à gagner pour avancer en la vertu.

Dixiéme Avis.

A Y E Z en fonds une sainte crainte d'offenser Dieu en toutes choses; car c'est principalement par la bonne ou la mauvaise conscience, que se découvre la vraye, ou la fausse pratique de la volonté de Dieu; selon ce témoignage de JESUS - CHRIST Nostre-Seigneur, quand il dit : Celuy qui connoist & garde mes Commandemens, peut dire en verité qu'il a de l'amour pour moy.

Onziéme Avis.

GARDEZ-vous bien de

ces fausses devotions, qui ne
consistent qu'en gousts & en
paroles. C'est pourquoy ne
faites fondement que sur la
mortification de vos passions,
de vos sens, de vostre amour
propre, de vostre jugement,
& de vostre propre volonté,
afin de faire celle de Dieu,
sans aucun mêlange de la vôtre: puis que vous ne pouvez
manquer d'estre tres-vertueux
si vous estes tres-mortifié.

Douziéme Avis.

SOUVENEZ-vous que la
parfaite pratique de l'exercice
de la volonté de Dieu consiste
à bien faire tout ce que vous

faites felon les regles de la droite raifon, & les mouvemens de la grace divine. C'eft pourquoy eftudiez-vous d'eftre fi reglé dans vos penfées, vos paroles, & vos actions, que non feulement les plus fages n'y puiffent remarquer aucun defaut: mais même que voftre confcience ne vous en faffe aucun reproche.

F I N.

La volonté de Dieu foit faite en la terre comme au Ciel.

www.ingramcontent.com/pod-product-compliance
Lightning Source LLC
Chambersburg PA
CBHW070854030726
47504CB00005B/1329

* 9 7 8 2 0 1 9 6 1 2 9 7 9 *